O, flexamina atque omnium regina rerum, oratio

PEPE HOLMES
Y LA GRAN BATALLA

PEPE HOLMES
Y LA GRAN BATALLA

Carlos Muñoz Escobar
con la ayuda de mi padre en la redacción,
Carlos Muñoz Romero

Editorial LEDORIA
J M R

I.S.B.N.: 978-84-19887-41-2
Depósito Legal: TO-279-2024
© Del texto: El autor
© De la edición: Editorial LEDORIA - Jesús Muñoz Romero
* Calle Fuente del Moro, núm. 6
Toledo
* Calle del Conde de Casal, núm. 47
Las Ventas con Peña Aguilera (Toledo)
Teléfono: 636 56 03 70
Correo electrónico: info@editorial-ledoria.com
www.editorial-ledoria.com

Diseño de la cubierta: Equipo de la editorial Ledoria

1
EL FIN DEL «CLUB DE LOS 15»

Todo iba bien, Charles Winston y su banda llevaban meses en la cárcel, la normalidad había vuelto a España después de su plan en el Congreso de los Diputados y de, literalmente hablando, tomar el control del todo el país.

Nosotros, Pepe Holmes y el Doctor Mael, seguíamos colaborando con la Policía en pequeños casos que, por algún motivo, ellos no podían resolver.

Los seguidores en nuestras redes sociales no paraban de crecer, en poco tiempo habíamos llegado a más de 250.000 *followers*.

El Presidente del Gobierno nos había concedido una medalla, la de la Orden al Mérito Civil. Reconozco que no la conocía de nada, pero según me dijeron mis padres era algo superimportante que sólo se la conceden a personas que han hecho algo grande por España.

El doctor Mael seguía estudiando en la Universidad y yo en mi colegio. Los profesores y un psicólogo me dijeron que tenía que pasar de sexto de primaria y segundo de la ESO porque había aprendido determinados conceptos, y que así iría a estudiar mucho más motivado.

El club de los 15 se había disuelto para siempre. Juntos habríamos hecho leyenda. El objetivo era que cualquier ataque externo fuera repelido de forma unánime por todos, como un gran grupo. Que hubiéramos compartido alegrías y penas, pero no se cumplió.

Los egos pesaron mucho y doblegaron al grupo. Cada uno miraba hacia sí mismo y no hacia el grupo. Empezaron las críticas a la espalda, y salvo en el caso del Congreso de los Diputados, que sí actuamos como un gran bloque, nunca más volvimos a actuar ni a trabajar juntos.

Fue una lástima por lo que pudo ser y no fue, pero supongo que la vida nos tenía guardado un destino diferente a cada uno de nosotros, y mi forma de entender la amistad no se ajustaba a lo que pasó inmediatamente después de salvar a España de Charles Winston.

Así que sin más, volvimos a nuestras rutinas. Yo seguía faltando a muchas clases para investigar.

Un día trabajé en el robo de una joyería en Madrid, en el que los policías no se habían dado cuenta de que realmente era el dueño el que lo había fingido todo.

Otro día el robo de un cuadro de Goya en la casa de una marquesa. No era tan difícil haberse dado cuenta de que sólo tenía apariencia y no dinero. Obviamente, el cuadro era lo único que podía devolverle su estatus.

Y otro día el robo en una empresa de mercancías muy importante que transportaba sustancias ilegales. Aunque la Policía sospechaba desde hace años de ellos, finalmente la trampa que les tendimos fue determinante para descubrir dónde guardaban la droga.

Era una vida muy monótona. Lo que al principio de todo era algo espectacular, es decir, un subidón de adrenalina cada vez teníamos que colaborar en algún misterio, se había convertido en actuaciones sin mucha importancia.

No me gustaba esa vida y no me resignaba a pensar que Charles Winston se hubiera dado por vencido y que, efectivamente, quisiera cumplir su condena y reinsertarse en la sociedad. En fin, no me podía creer que mi archienemigo hubiera cambiado el chip y vuelto a la senda de la normalidad.

Todos los días de mi vida soñaba con que el destino nos regalara un nuevo caso con el que fluyera nuevamente la adrenalina.

El 24 de diciembre de 2022 me desperté temprano. Había poco que hacer salvo esperar a que llegara la cena, así que después de desayunar, cogí un autobús y me fui a la cárcel de Ocaña. Reconozco que fue un impulso pero, al fin y al cabo, es lo que hice.

De camino pedí el favor de que me dejaran hablar con él. Necesitaba sólo unos minutos, mirarle a los ojos y saber si tanto tiempo entre rejas le habían cambiado o no. En la entrada de la prisión me esperaba el director. Me abrazó, y sin preguntarle nada me aseguró que todo estaba controlado, que era un preso modélico y que había prometido reinsertarse en la sociedad como ciudadano libre y ejemplar.

Yo, en cambio, creía que era como un escorpión, es decir, que aunque viva en una jaula y se deje de vez en cuando acariciar por quien le da de comer, siempre mantiene el instinto, y tarde o temprano clavaría el aguijón.

Le pregunté si había hecho algo extraño durante todos los meses que llevaba preso, le pedí que me contara todas sus rutinas: cuándo se levantaba, cuándo y qué comía, qué hacía en su tiempo libre, o sea, cualquier cosa que por pequeña que pareciera podría darnos la clave de lo que iba a hacer.

Estuvimos durante más de dos horas hablando del tema, intercambiado ideas y viendo vídeos, pero no había ni un solo patrón que hiciera pensar algo extraño.

En torno a las 12:30 horas de la mañana me dijo el director de la cárcel que ya me estaba esperando el

preso en el comedor. Crucé un pasillo blanco de más de sesenta metros y allí, a la izquierda, estaba él, sentado y esposado a la mesa, con un gesto impertérrito, una mirada retadora y sus gafas caídas por debajo de los párpados. Se había dejado barba, canosa pero poco poblada, y vestía un impecable traje pese a estar entre rejas.

Me ofreció la mano pese a estar engrilletado y cortésmente me preguntó por la familia. Reconozco que esa fue la primera vez que me dio miedo.

Le vi con una extraña calma que parecía no tener sentido. Había adelgazado, tenía ojeras y había perdido mucha masa muscular, no era ni la sombra de la persona que puso en jaque a España.

Le fui muy directo. Le dije que ni me creía ni entendía ese juego de hombre bueno. Me miraba casi sin parpadear. En la hora que estuvimos hablando parecía un hombre de hielo, sin mostrar el más mínimo sentimiento, salvo el de fingir un ridículo arrepentimiento.

La situación era insostenible. Aquel hombre era un juguete roto, de manera que me levanté, le ofrecí la mano y me fui. Reconozco que me entristeció verle así, pero en el último momento, justo cuando me había dado la vuelta para marcharme, a través del reflejo de la ventana, vi cómo aquella cara triste recuperaba de repente la luz cuando el Presidente del Gobierno confirmaba en el informativo del mediodía que España iba a acoger la cumbre de la OTAN a finales del mes de junio.

En ese momento todo cobró sentido, todas las piezas empezaron a tomar forma nuevamente en el tablero. No se trataba de que hubiera abandonado su vida delictiva, ni tan siquiera que se hubiera reformado, todo lo contrario, estaba preparando su gran golpe, algo que cruzara las fronteras y que le situara otra vez en el panorama internacional.

Sólo faltaba saber si su cansancio era oxidación por la falta de actividad o por estar trabajando en el caso más importante de su carrera delictiva. De una forma o de otra, lo que estaba claro es que Charles Winston, y posiblemente su banda, estaban preparando algo muy gordo, y todo apuntaba a que sería aprovechando la cumbre de la OTAN que se celebraría en Madrid sólo seis meses más tarde.El juego había empezado.

Aquella Nochebuena, aunque pueda parecer un loco, fue diferente. Estaba toda la familia junta en el pueblo, en Las Ventas con Peña Aguilera. Habíamos estado jugando al Risk durante toda la tarde, puesto la chimenea y cenado esas cosas que saben diferentes, no sólo por lo sabrosas sino también por lo que te apetece y, por supuesto, por haberme reencontrado con un rival de calidad, con un rival a la altura de los acontecimientos.

El lunes visité al delegado del Gobierno y le expliqué con todo lujo de detalles lo que había hablado en aquella sala de la cárcel, pero por primera vez en toda mi carrera de detective sentí que no se fiaban de mis percepciones. Fue tajante cuando me dijo que por una sonrisa no podían cancelar la cumbre de la OTAN en España y, por supuesto, que tampoco podían meterme en el entramado de seguridad.

Me explicó que cada país venía con una delegación lo suficientemente preparada como para que ni Charles Winston ni nadie de su banda, por grande y preparada que estuviera, pudiera acercarse a los presidentes.

No sé qué es lo que estaba tramando pero tenía perfectamente claro que durante la visita de los hombres y mujeres más importantes del mundo, algo iba a ocurrir en Madrid y teníamos que anticiparnos.

La misma mañana visité al Jefe Superior de Policía y a todas aquellas personas que por uno u otro motivo podrían ayudarme a entrar en el dispositivo de la OTAN en Madrid, pero, obviamente, no me hicieron ningún caso. Reconozco que me fui a casa dolido por la situación y por saber que algo iba a pasar sin que, por el momento, pudiera hacer nada para evitarlo.

Estuve desconectado durante unos días y no quise decir nada a nadie para no alertar más. ¿Qué podía es-

tar pasando por la maquiavélica cabeza de Charles Winston?

No sabía a quién acudir, pero ni el Doctor Mael ni yo podíamos permitir que se produjera un altercado internacional en nuestro país.

Ambios fuimos nuevamente al penal de Ocaña, y durante horas estudiamos sus movimientos. Nos estábamos volviendo locos, no había nada fuera de lo normal.

El día empezaba a las ocho de la mañana. A las nueve bajaba a desayunar y se sentaba alejado del resto de los presos. Cuando terminaba, se marchaba a la celda y se limitaba a tocar su violín durante horas. Escribía partituras que archivaba cuidadosamente en una carpeta y no tenía contacto con nadie.

Quizás estaba equivocado y efectivamente ese atentado estaba sólo en mi cabeza. Quizás Winston había decidido reinsertarse dándose por derrotado.

Cuantas más horas pasábamos en el control de cámaras, más perdidos estábamos. En anteriores ocasiones, Winston había perfeccionado sutiles sistemas de comunicación únicamente al alcance de personas de su inteligencia, pero en esta ocasión era diferente.

Sólo la intervención del Doctor Mael había evitado que pidiera nuevamente una reunión para intentar averiguar algo más.

Lo siento, me di por vencido. Decidí volver a mi vida normal y a seguir con esos casos que no tenían relevancia alguna, pero que al menos me entretenían.

Los días iban pasando, y a falta de emociones mayores me centré en mi afición a la magia. Fui a los cursos que Yunke, el mejor mago del mundo, estaba impartiendo en *streming*. Empecé a forjar una gran amistad con él. Hablábamos el mismo idioma y me apasionaba intentar averiguar el truco. Teníamos un pique muy sano: él para que no lo descubriera y yo para hacerlo.

Un día, tomando un café, me mostró uno de los últimos cambios que había hecho en su espectáculo. Me explicó cómo quería engañar al público con una gran tramoya en la que todos mirarían a un lado mientras se preparaba el truco en el lado contrario. Para que todo ocurriera en el momento preciso, se había inventado un código que sólo él y su ayudante conocerían, y que pasaría absolutamente desapercibido para todos los presentes.

Fue en ese momento, precisamente en ese moemento, cuando comprendí lo que estaba haciendo Winston. La clave estaba en el violín. De alguna forma se comunicaba con alguien de la prisión a través de aquellas notas musicales.

Así que viajé por tercera vez a la cárcel para averiguar qué estaba pasando y, como por arte de magia, nunca mejor dicho, todo empezó a tomar forma. El preso que estaba a su lado era Constantain Olescu, un afamado compositor búlgaro que había terminado en la cárcel por problemas fiscales.

Él era el encargado de descodificar aquellas notas para transformarlas en mensajes que él mismo daba al resto de la banda.

Sólo nos faltaba conocer ese código para anticiparnos a sus planes. Todo sonaba tan rocambolesco que fui consciente de que nadie nos iba a ayudar.

Y ahí fue cuando mi compañero e inseparable amigo el Doctor Mael tuvo la idea de pedir ayuda a la única

persona con la suficiente influencia como para abrirnos las puertas que necesitábamos y entrar en el entramado de seguridad de la reunión que iba a celebrar la OTAN en nuestro país: el rey, la persona que se había convertido casi por casualidad en el tercer miembro de nuestro equipo.

Así que hice lo que no había hecho nunca hasta entonces: llamar para pedirle un favor. Desde que evitamos su secuestro dos años antes y pocos meses después el robo de los secretos de Estado, habíamos forjado una gran amistad. Intercambiábamos *whatsapps* y quedábamos de vez en cuando, pero nunca hasta entonces le había pedido absolutamente nada.

Nos reunimos en mi casa del pueblo porque me dijo que prefería hablar fuera de la Zarzuela para que nadie pudiera pensar que estábamos tramando algo.

Fue él único en escucharnos y, sobre todo, se comprometió a hacer lo que estuviera en su mano para ayudarnos y evitar cualquier suceso en la cumbre.

2
MI BUEN AMIGO EL REY

Allí estábamos en mi casa de un pueblo de los Montes de Toledo, compartiendo un plato de venado y una ensalada de perdiz, hablando un poco de todo y, en particular, explicándole mi teoría del violín y aquella sonrisa que me alertó de que algo estaba pasando.

Aquella tarde, junto al rey, trazamos un plan sencillo pero brillante. Simplemente formaríamos parte del dispositivo de seguridad de la Casa Real y, como anfitriones que éramos, estaríamos junto a todos los mandatarios internacionales.

Habían confirmado su asistencia los 29 países miembros: Albania, Alemania, Bélgica, Bulgaria, Canadá, República Checa, Croacia, Dinamarca, Estados Unidos, Estonia, Eslovaquia, Eslovenia, Francia, Grecia, Hungría, Islandia, Italia, Letonia, Lituania, Luxemburgo, Montenegro, Noruega, Países Bajos, Polonia, Portugal, Reino Unido, Rumanía, Turquía y, por supuesto España, es decir, algunas de las personas más importantes del mundo.

Nos propusimos llevar en secreto todo lo que fuéramos descubriendo y no tomar ninguna decisión sin que la conociera el otro.

Los meses fueron pasando. Me vi obligado a seguir haciendo investigaciones sin importancia para que nadie sospechara de que estábamos ante algo mucho más grande.

Charles Winston seguía con su misma rutina. Faltaban sólo 15 días para que los principales dirigentes del mundo fueran llegando a Madrid. La ciudad estaba totalmente tomada por la policía.

No quedó en toda la ciudad ni una sola alcantarilla sin mirar, se habían revisado todas las habitaciones de hotel y limitado el paso por el centro de Madrid.

Todo parecía un grandísimo búnker imposible de reventar, y por mucho que mirábamos las cámaras e intentábamos resolver el código musical que se había inventado Winston, nos resultaba imposible de descifrar.

Era 27 de junio y acababa de llegar la delegación de Estonia, Hungría y Montenegro. Sin ningún problema llegaron al hotel y pasearon pasando desapercibidos por el centro de Madrid.

Estábamos muy desconcertados. El rey me miraba de vez en cuando mientras daba la bienvenida a los dirigentes. Reinaba el desconcierto, y cuando estábamos muy cerca de tirar la toalla y dar la razón a todas las personas que nos habían tachado de locos, se produjo lo que llevábamos meses esperando. Winston, junto al «músico» y dos presos más, se habían escapado.

En ese momento conocíamos pocos detalles, salvo que habían usado una bomba de energía eléctrica para quemar la centralita y escaparse con ayuda del exterior.

En cuanto llegó la noticia se produjeron momentos de pánico. Los equipos de seguridad de todas las delegaciones intercambiaron mensajes para tomar una decisión.

Todos aquellos que no nos habían creído empezaron a tomarnos en serio. Cientos de policías se incorporaban al operativo con la única misión de localizar al mayor delincuente de España y a una de las mentes más brillantes del mundo.

Conociéndole como le conocíamos, sólo había una evidencia, sería algo antológico, y como tal teníamos que improvisar algo mucho más grande de lo que ellos tuvieran planeado.

Sin duda, estábamos ante el mayor reto de nuestra vida, ganar a Winston prácticamente a ciegas y sin que cundiera el pánico en el centro de Madrid.

Desde luego era un reto apasionante volver a tener una tercera batalla junto a mi archienemigo, pero en esta ocasión todo era diferente e iba un paso por delante de nosotros.

Sólo 24 horas antes del inicio de la gran cumbre llegaron el resto de los mandatarios internacionales, cada uno de ellos con su propio protocolo de seguridad.

Estado Unidos trajo a más de doscientos escoltas, coches blindados y armas de última generación; Alemania, Francia y Gran Bretaña apostaban por cinturones concéntricos de seguridad a cada paso que daba su primer ministro; los países del Este preferían una seguridad muy cercana a sus presidentes. Es decir, un puzzle perfecto para cada uno de ellos y un caos mayúsculo, sin orden alguno, para el conjunto de la cumbre. Llegó un momento en el que se entorpecían entre ellos. En ocasiones no se sabía cuándo se trataba de un miembro de seguridad o de una persona ajena al protocolo.

Era un caldo de cultivo perfecto para que Winston aprovechara los muchos resquicios que había para romper la seguridad y poner a España en jaque ante los ojos de todo el mundo; algo que no podíamos permitirnos.

A sólo 24 horas de la primera reunión, el Rey ofreció una visita privada al Museo del Prado a todos los líderes mundiales.

Fue caótico. Más de mil personas de seguridad se agolpaban en las puertas del museo. Todos querían estar con sus presidentes pero era imposible que cupiera tanta gente en las salas.

Ésta era la mejor muestra de que la cantidad no es mejor que la calidad. No hubo orden, cada uno quería hacer la guerra por su cuenta, como había pasado al Club de los 15, y la única realidad era que en aquel edificio, lejos de existir un protocolo organizado, sólo había muchos escoltas, policías, guardias civiles y miembros del ejército, pero sin un mando único.

Tenía que hablar con el Rey, no había otra opción para garantizar la seguridad. Quizás yo era la persona que más conocía a Winston y tenía la certeza de que ese día no iba a ocurrir nada. Todo lo contrario, estaba seguro de que él estaría disfrutando del caos desde alguna posición privilegiada.

Intenté entrar en el museo hasta en tres ocasiones pero me fue imposible. Si no estabas en la lista que había en el control de paso, no podías acceder. Por más que les expliqué que formaba parte del protocolo de la Casa Real, fue imposible llegar al interior.

Sólo se podía ver lo que ocurría en el interior desde unas pantallas que habían colocado en los exteriores del Museo.

Y ahí empezó todo, en el momento en el que los presidentes aparecieron en escena, empezó a sonar aquella música que me era familiar. Durante unos segundos dudé pero finalmente la reconocí. Nos miramos el doctor Mael y yo con ojos de pánico cuando recordamos que aquella partitura que sonaba era la que repetía Winston al violín desde su propia celda.

Era la prueba irrefutable de que Winston había dado el pistoletazo de salida y de que pronto empezaría una gran batalla.

Tuve la tentación de correr e intentar acceder al museo pero, afortunadamente, el doctor Mael me frenó, era muy racional y aportaba equilibro en nuestro particular equipo. Era ilógico provocar un caos por una sim-

ple melodía, por mucho que nosotros supiéramos que algo estaba pasando.

Corrimos todo lo deprisa que pudimos hasta la unidad móvil de Televisión Española, desde la cual se estaba grabando y emitiendo todo lo que ocurría en el interior. La credencial que nos había dado la Casa Real fue suficiente para que nos dejaran acceder a la furgoneta y verlo todo de una forma mucho más nítida.

El presidente de Estados Unidos, Joe Biden, paró delante del cuadro de *Las Meninas* de Velazquez; el de Francia, Enmanuel Macron, se fascinaba con *El Jardín de las Delicias* de El Bosco; el canciller de Alemania, Olaf Scholz, prefería los grecos; y el de Gran Bretaña, Boris Johnson, paseaba entre las salas de Velázquez. Se detuvo más tiempo de lo normal junto al cuadro del dios Marte. Parecía escuchar atentamente las palabras

de uno de los guías asignados por el museo para resolver las curiosidades de los distintos presidentes.

En un tiro de cámara y un zoom pausado le pude reconocer, allí estaba él. No sé cómo lo había conseguido, no tengo ni la menor idea de cómo estaba él dentro del museo y por qué macabra broma del destino se había convertido en uno de los guías de la visita oficial al Prado.

Era él. Se había caracterizado como el genio que es y burlado todos los protocolos de seguridad. Había engañado incluso a los sensores de reconocimiento facial.

Él sabía que en la calle era poco menos que imposible atentar contra la cumbre, pero que en un espacio cerrado iba a cundir el caos por los diferentes protocolos de seguridad de cada uno de los líderes internacionales.

Aquella pequeña cojera en su pierna izquierda, aquel bastón con el que jugaba cuando estaba quieto y aquella mirada que clavaba como un cuchillo le habían delatado.

Paseaba entre todos ellos e incluso conversaba con varios mandatorios sobre la pintura que estaban viendo

en cada momento. No sabíamos qué hacer. El doctor Mael seguía siendo partidario de esperar y ver cuál sería su siguiente movimiento, yo, en cambio, ardía en deseos de alertar a todos y pedir que se cerraran las puertas para detenerlo en ese mismo momento, pero mi compañero llevaba razón.

Si había sido capaz de acceder, también tendría la forma de poder salir sin ser visto ni, por supuesto, detenido.

Ordenamos al realizador que bajo ningún concepto lo perdiera de vista y que era trascendental para la seguridad de la cumbre que grabaran todos sus movimientos. Intentamos ponernos en contacto con el interior pero los inhibidores de frecuencias impedían cualquier tipo de comunicación con ellos, así que no podíamos hacer otra cosa que no fuera esperar para ver los acontecimientos.

No podía ser, aquella melodía empezó nuevamente a sonar. Una partitura de violín salía de los altavoces del museo. El corazón me iba a estallar. Se estaba produciendo un nuevo mensaje cifrado que sólo ellos eran capaces de entender, y en ese momento, como por arte de magia, desapareció Winston de las imágenes y salió tranquilamente de una de las salas para no ser grabado nunca más.

No sé qué había ocurrido, sólo que la persona encargada de boicotear la Cumbre Mundial de la OTAN había sido capaz, en menos de 48 horas, de fugarse una vez más de la cárcel, de colarse en el edificio más protegido del mundo en aquel momento y con la misma facilidad, simplemente, desaparecer.

El doctor Mael y yo corrimos a la puerta de entrada para esperar la salida de todos. Unos minutos más tarde, una vez finalizada la visita, abandonaron el edificio mientras cada uno de los equipos de seguridad volvían a realizar sus respectivos protocolos.

Eran aproximadamente las siete de la tarde y a las nueve estaba prevista una cena en el Palacio Real. Tenía dos horas para intentar hablar con mi amigo el Rey y explicarle lo ocurrido. A la salida no pudimos ni tan siquiera cruzarnos una mirada. El Presidente de España le había acaparado para él y no se le despagaba ni un segundo.

De camino a los coches oficiales me frenaron los escoltas del presidente de Estados Unidos por el simple hecho de ir corriendo a su encuentro. Daba igual lo que dijera, no me iban a permitir adelantar al grupo del presidente para llegar hasta el del Rey.

Cuando ellos habían llegado, nos detuvieron los de Montenegro por el mismo motivo; resultaba curioso que las personas que realmente tendrían que ayudarnos a salvar la situación, eran las que lo estaban evitando.

Corrimos cuanto pudimos en el momento que nos dejaron para pedir a nuestro abuelo, el «Lolo», a quien ya conocéis por haber participado en todas nuestras aventuras, que nos llevara hasta el Palacio Real.

Gracias a Dios habíamos tenido el acierto de poner su matrícula como coche autorizado para movernos dentro de la calles cerradas por la cumbre.

Le pedimos que fuera todo lo deprisa que pudiera, pero sin llamar la atención, para que no nos detuviera el equipo de seguridad de alguno de los países.

Cuando estábamos a aproximadamente seiscientos metros de la puerta de entrada, nos bajamos del coche para llegar antes que el Rey y así pasar al interior e intentar desarticular lo que fuera que estuviera pensando Charles Winston.

La suerte nos sonrió, porque desde la lejanía me vio y con un gesto de su mano me permitieron la entrada. Durante unos segundos pude acercarme al rey Felipe VI para decirle que había visto a Winston dentro del museo.

Dudó, sé que dudó de mis palabras, y no era para menos. Era ilógico que Winston estuviera dentro del museo del Prado, pero yo lo había visto. Me cogió del hombro y me dijo que estuviera alerta y que informara a su jefe de seguridad de cualquier novedad.

Le pidió que nos dieran un comunicador por vía satélite para que no interfieran los inhibidores y empezamos a mirar, palmo a palmo, cualquier recoveco del Palacio Real para averiguar algo.

Salí al patio, estaba oscureciendo y seguía sin tener la menor pista por la que empezar a trabajar. No tenía ni tan siquiera hipótesis para volver a detenerlo y llevarle entre rejas.

En pequeños grupos, los miembros de la cumnbre se dirigiron al salón real donde sería la cena. Yo estaba desorientado, no había nada sospechoso. Es más, nada hacía pensar que tuviera la osadía de volver a exponerse en público por segunda vez.

Corrí a las cocinas gracias al pase que me había dado el rey Felipe. Subí a una silla e intenté descubrirle entre los cocineros, camareros, sumillers..., pero nada, ni rastro.

Las ideas se me agolpaban en la cabeza y, de repente, algo empezó a tener sentido. Miré el menú y allí apareció la segunda evidencia. Los platos que iban a tomar eran los siguientes: Wook de verduras, Ispis con langostinos (un pez pequeño parecido al boquerón), Nachos con guacamole y mahonesa de cilantro, Setas con salsa picante, Tartar de atún, Oreja a la plancha y Natillas de café.

Ajajá, la inicial de cada uno de los platos del menú formaban la palabra Winston. Era tal el ingenio que tenía que, sin exponerse, nos acababa de reconocer que nos llevaba ventaja. Tenía todo meridianamente organizado y su presencia era constante.

Llamé al jefe de seguridad de la Casa Real y le expliqué la casualidad del acróstico. Sin querer, le trasladé el mismo pánico que teníamos el doctor Mael y yo.

Pidió que se extremaran las medidas y que, especialmente en las cocinas, se revisaran todos los platos. Los perros corrían y olisqueaban cada una de las ollas intentando descubrir algún veneno o explosivo, pero no hubo resultado.

Creo que la intención de Winston no era la de atentar contra los principales líderes mundiales provocando un caos sin precedentes a nivel histórico, sino dejar claro simplemente que él marcaba los tiempos, y que cuando tuviera decidido actuar, podría hacerlo sin mayor problema.

Llegadas aproximadamente las doce de la noche, cada uno de ellos volvió a su respectivo hotel sin que nadie tuviera el más mínimo recelo de que algo se estaba gestando.

Pedimos nuevamente a nuestro abuelo que nos llevara al Palacio de la Zarzuela. Aunque nos costó muchísimo acceder, finalmente nos autorizaron a pasar. Nuestro buen amigo el Rey de España era consciente de que había que trabajar rápido para frenar cualquier atentado.

Le explicamos la imposibilidad de garantizar la seguridad de todos ellos con tantos y tan diferentes protocolos de seguridad. Le contamos que Winston había sido capaz de colarse en el Museo del Prado y, aunque era reacio en un primer momento a creérselo, tuvo que cambiar necesariamente de opinión cuando le mostramos el menú de la cena.

Eran casi las dos de la madrugada, las reuniones de la cumbre empezaban en unas horas y no sabíamos cómo enmendar todo lo que estaba ocurriendo. En otras ocasiones éramos nosotros los que íbamos por delante, pero ahora, con Winston y su plan perfecto, trazado durante meses, nos estaba ganando claramente la partida.

Aquella noche dormimos en el Palacio de la Zarzuela, y por orden expresa del Rey Felipe, tanto el doctor Mael como yo, Pepe Holmes, formaríamos parte de su escolta personal y tendríamos libertad de movimientos por toda IFEMA, el lugar elegido para celebrar las reuniones.

La noche fue muy larga pero, aunque no había mucho tiempo, intentamos dormir unas horas para tener la mente lo suficientemente despejada para el día siguiente.

A las siete en punto de la mañana, el doctor Mael me despertó con tres teorías. La primera era que Winston quisiera atentar contra algunos mandatarios, y así provocar la tercera guerra mundial, pero esto quedó descartado desde el principio porque ni tan siquiera a él se le ocurriría algo tan macabro.

La segunda teoría apostaba por un simple acto de protagonismo, es decir, que quisiera hacerse notar y demostrar que en el momento que hubiera querido atentar podría haberlo hecho.

Y la tercera, secuestrar a alguno de los dirigentes para pedir un rescate histórico y convertirse de esta forma en un delincuente internacional.

La segunda y la tercera teoría serían propias de una mente como la suya, pero yo estaba convencido de que sus intenciones iban mucho más allá.

Teniendo en cuenta que las primeras reuniones de la cumbre se iban a celebrar a las 12:00 de la mañana, teníamos unas cinco horas para tomar una decisión que frenara todo atisbo de atentado.

Independientemente de las decisiones que tomaran los jefes de seguridad, yo decidí tomar las mías propias. Telefoneé a mi amigo Yunke, el mejor mago del mundo y un ilusionista como ningún otro. Había organizado su gran show precisamente en IFEMA y quería saber si toda su tramoya estaba aún en los almacenes.

Así son los amigos, cuando se les llama, acuden sin preguntar y en este caso él lo hizo. Quedamos en su particular hangar, como a él le gusta llamar a su laboratorio de ideas. Era el paraíso de todas las personas que amamos la magia.

Mientras nosotros, Pepe Holmes, el doctor Mael y Yunke nos preparábamos para entrar en escena, el Rey hablaba con los principales líderes mundiales para explicarles la situación y tomar las medidas oportunas.

No había tiempo para hacer nada espectacular, sólo evitar una catástrofe de índole mundial, y teníamos que hacerlo en un tiempo récord. Esto sí que era una misión imposible.

A las 11:40 horas empezaron a llegar los primeros coches oficiales escoltados por una infinidad de escoltas. Entraban directos hasta el parking subterráneo y desde allí accedían a la sala en la que iban a decidir sobre qué hacer con la invasión de Rusia a Ucrania, sobre la entrada de nuevos miembros a la OTAN y, por supuesto, debatir sobre el incrementar de presupuesto

para comprar más armas con las que defenderse de posibles ataques.

Había expectación y miedo entre los dirigentes. En aquella ocasión nadie, salvo ellos, tenía acceso al recinto. Se había prohibido hasta el acceso de los medios de comunicación. Los electricistas trabajaban a destajo para que, a falta de imágenes, al menos se pudiera seguir la reunión a través de un audio.

Algo sí estaba claro en todo el meollo, la partida había empezado y no íbamos a permitir a Winston que se saliera con la suya. La decisión de dejarle incomunicado fue claramente ventajista. Si le impedíamos que viera lo que estaba ocurriendo dentro, seguramente tendría que improvisar algún movimiento y cometer un error.

3
UNA MENTE PRODIGIOSA

Algo era evidente, Winston llevaba meses preparando este gran golpe y tenía mucha ayuda del exterior, posiblemente hasta de algún miembro de seguridad de la cumbre.

Las reuniones empezaron con unos minutos de retraso. En torno a las 12:20 horas, el Rey Felipe VI dio la bienvenida a los participantes. Los periodistas mostraron su enfado por no tener imágenes pero, sin lugar a dudas, era lo mejor para evitar más sorpresas.

El pre-sidente de Estados Unidos tomó la palabra para insistir en que no se podía sucumbir al miedo de Rusia ni al de los países aliados. El de Gran Bretaña, apoyado por España, Portugal, Italia, Alemania, Francia y Grecia proponían incrementar el presupuesto para armas y así intimidar a los países que quisieran cambiar el orden mundial.

Las horas iban pasando y el debate cada vez estaba más decidido, la fuerza del lobo estaba en la manada y lo que parecía que iba a prolongarse durante días, quedó prácticamente decidido en aquella mañana. Era evidente que había que demostrar unión y así se hizo.

A las 15:00 horas pararon las reuniones para comer algo. La organización había previsto un catering ligero, pero en el último momento cambiaron de idea y dejaron los platos en la sala contigua para que absolutamente nadie pudiera acceder al interior.

Creíamos tenerlo todo controlado hasta que en el momento en el que empezaron las reuniones bilaterales entre los distintos países participantes, volvió a sonar por la megafonía del IFEMA aquella melodía, aquella composición de violín.

En el parking sonó entonces una explosión. De alguna forma incomprensible se había colado un coche. Los bomberos corrían para sofocar el fuego, mientras los diferentes equipos de seguridad intentaban acceder al interior sin que los escoltas de la Casa Real lo permitieran. La orden era tajante, pasara lo que pasara, nadie podía acceder al lugar en el que estaban los mandatarios.

Cuando no habían pasado más de quince minutos, sonó una segunda explosión y así hasta seis con el mismo intervalo. Entre el humo vi como cruzaba la silueta de Winston, vestido en esta ocasión de bombero intentado acceder al recinto.

Todo era un caos, los miembros de seguridad protegían cualquier acceso e impedían que alguien entrara a la sala en la que los mandatorios habían parado de discutir alertados por las explosiones.

España estaba en todos los informativos del mundo: «Atentados con coche bomba en la cumbre de la OTAN», «Seis explosiones en el recinto de IFEMA durante la cumbre de la OTAN», «Ataque terrorista en la cumbre de la OTAN». Estos u otros titulares de parecidas carac-

terísticas eran los más repetidos por los principales medios mundiales.

Un autobús blindado y con los cristales tintados había accedido al interior del pabellón en el que se estaban celebrando las reuniones para salir todos juntos de allí.

Sobre la marcha habían decidido que pasarían la noche en el palacio de la Moncloa. La seguridad española era la encargada de garantizar la seguridad en el interior. La de Estados Unidos marcó un primer perímetro de seguridad, las de Francia, Gran Bretaña y Alemania formaron un tercer anillo y el resto de los integrantes se limitaron a volver a sus hoteles y a esperar órdenes.

Era evidente que había que dar un golpe de efecto. España había decretado el estado de alarma y quedaba prohibido salir a la calle salvo las profesiones imprescindibles.

El país estaba en el punto de mira y todos hablaban de la chapuza de seguridad que se había llevado a cabo, y cómo los diferentes criterios de seguridad de los países participantes habían provocado un caos sin precedentes.

Yo, por mi parte, estaba seguro de que habíamos cambiado los planes iniciales de Winston. Bajo ningún concepto se habría imaginado que todos los dirigentes iban a salir en un autobús y no cada uno en su coche escoltado por su propio equipo. Creo que esa fue la clave para obligar a que mi archienemigo tuviera que cambiar sus planes. Pero hizo lo peor que podía imaginar, es decir, continuar con sus planes aunque las piezas en el tablero hubieran cambiado.

Por la tarde hubo nuevas explosiones, una en la Plaza Mayor unos segundos después de que volviera a sonar la melodía de violín, a los pocos minutos otra frente a la puerta de Alcalá, otra más en Cibeles y en Neptuno, y la última en Atocha. Unas explosiones que, por fortuna, más allá de los costes materiales, no habían provocado ni un rasguño a nadie. Eso sí, Madrid era un caos. Se habían cortado todas las comunicaciones y no funcionaban ni los teléfonos ni los correos electrónicos.

El ejército, junto a miles de agentes de diferentes países garantizaban que nadie saliera de sus viviendas en el centro de Madrid.

Sólo las cámaras de Televisión Española estaban autorizadas para mostrar la señal de lo que estaba ocurriendo. Todo era un caos sin precedentes en el país y, de repente, a las 20:00 horas exactas, las pantallas de la capital mostraron la imagen de Charles Winston sobre un fondo plano.

Su cara aparecía impertérrita, aunque su mirada reflejaba nerviosismo. España se paralizó en ese mismo momento para escuchar como Winston había pasado de un grandísimo delincuente a un terrorista sin escrúpulos.

—Todo podría haber sido muy sencillo —dijo—, un golpe magistral sin heridos, unos secuestros de guante blanco, un rescate y un viaje a un país sin extradición, pero vosotros habéis querido que esto ocurra de otra forma, habéis querido caos y destrucción, preparaos para lo peor.

Se hizo un silencio sepulcral en todo el país. Sólo unos minutos más tarde sonó el teléfono satélite que me habían prestado en la Casa Real. El Rey Felipe VI me informó de que acababa de mantener una conversación con todos los dirigentes y habían decidido continuar adelante, que no les iba a amedrantar un terrorista y que la cumbre se iba a celebrar sí o sí.

El despliegue por todo el centro de Madrid fue antológico. Los inhibidores de frecuencias desplegados por la ciudad impedía que funcionaran los móviles, habían cortado la comunicación de los servidores para que fuera imposible enviar un simple correo electrónico y se había decretado el estado de sitio que impedía que nadie saliera a la calle.

La policía se encargaría de recoger al personal esencial como médicos o enfermeras para llevarlos a sus puestos de trabajo. Las grandes superficies comerciales

distribuirían la comida por las viviendas del centro de Madrid siguiendo rutas previamente marcadas por el equipo de seguridad de la cumbre y, por supuesto, todos serían cacheados antes y después de llegar a su domicilio.

Se había decretado también que sólo Televisión Española fuera la encargada de emitir las imágenes de los atentados y los audios de la cumbre. Nunca antes se había producido en España una situación de este calibre.

En torno a las 22:00 horas de la noche volví al palacio de la Zarzuela. Durante más de una hora, tanto el doctor Mael como yo, Pepe Holmes, analizamos lo que había ocurrido y cómo podíamos salvar a España del plan

macabro y terrorífico que había preparado Charles Winston.

Teníamos claro lo que pasaría al día siguiente. Era necesario que los dirigentes volvieran al IFEMA y continuaran con su segundo día de reuniones. Una comitiva de coches escoltaban el autobús blindado con cristales tintados y antibalas que los transportaba.

Televisión Española retransmitía paso a paso todo el trayecto. Eran las 09:20 minutos de la mañana cuando en la rotonda previa al recinto, los coches giraron a la derecha para rodear todo el perímetro, mientras el autobús lo hizo a la izquierda para entrar en el parking.

Y fue en ese momento cuando desde los altavoces empezó a sonar esa melodía de violín que fue la antesala unos segundos más tarde de una nueva explosión.

Literalmente hablando, el autobús saltó por los aires a más de dos metros de altura para caer a plomo nuevamente sobre el asfalto, y ahí se cortó la señal que estaba retransmitiendo la llegada de los dirigentes.

Nadie podía dar crédito a lo que estábamos viendo. Era imposible que no hubiera muertos, la explosión había dejado un socavón de varios metros de diámetro.

Las televisiones estaban en negro y sólo se podían escuchar las voces de pánico, las sirenas de las ambulancias y de los bomberos llegando hasta el lugar de los hechos, es decir, unas horas de absoluto pánico de las que nadie era ajeno. Teníamos la obligación de hacer cuanto estuviera en nuestra mano para poner fin, de una vez por todas, a Charles Winston y a toda su banda de delincuentes que, visto lo visto, parece que también se habían pasado al terrorismo y al secuestro.

Entre tanto, el doctor Mael y yo mirábamos desde dentro del IFEMA lo que estaba ocurriendo. Mi única intención en ese momento era la de encontrar a Winston y llevarle nuevamente entre rejas. Había cruzado una frontera que nunca debió cruzar.

El pánico había llegado a un punto que nadie se atrevía a salir a la calle. Toda España estaba pendiente de las noticias y lo que llegaba desde los medios internacionales no ayudaba precisamente a generar calma.

En algún momento tenía que aparecer Charles Winston. No podía dejar la partida de esta forma. Es posible que hubiera abandonado su intención de secuestrar a algún mandatario y pedir un rescate histórico, pero ¿qué había detrás de los atentados?

Yo no sabía qué paso dar salvo esperar a que Winston diera uno en falso. Tenía que ponerme en contacto con él, pero cómo.

Las últimas noticias apuntaban a que todos los dirigentes habían sido trasladados al hospital de campaña que siempre se monta en las inmediaciones de estas cumbres para atender posibles problemas. Aunque no estaban especializados ni reunían las condiciones para tratar un atentado de esta magnitud, se prefirió no realizar ningún traslado.

Afortunadamente, y aunque en un primer momento todo hacía pensar lo peor, nadie había sufrido heridas de gravedad, sólo algunos cortes y contusiones sin importancia.

Era necesario dar un paso más y terminar de una vez por todas con todo esto. Winston llevaba horas desaparecido, y pese a la gravedad de los hechos no había dado ningún paso adelante.

Por la tarde, en un gesto que honraba a todos los miembros de la OTAN, decidieron volver al recinto y continuar con las reuniones. El Rey Felipe acudió perso-

nalmente para mostrar el compromiso de España en un momento tan delicado.

Allí, a las 17:15 horas volvimos a encontrarnos. Su cara reflejaba la tensión de lo que estábamos viviendo. Le pedí que me diera sólo unos minutos para explicarle mi teoría y cuál era la pieza que teóricamente fallaba y que impedía que Winston diera un solo paso en falso.

Aunque receló en un primer momento, finalmente me dio la autorización que necesitábamos para conseguir que mi archienemigo viniera a por mí. Yo me iba a convertir en el cebo perfecto. Logré un salvoconducto que me permitía transitar por el centro de Madrid sin que nadie me detuviera ni pidiera explicación alguna.

Pedí a mi abuelo, el Lolo, que me llevara al lugar en el que todo había empezado, el museo del Prado. En unos pocos minutos estaba paseando por los jardines intentando encontrar la pieza que me faltaba para que todo encajara de forma perfecta.

Mi intuición no me había fallado, allí estaba él. Salió de entre los árboles con su bastón sin caracterización alguna. Me miró fijamente y me preguntó qué estaba haciendo.

Todos los cuerpos y fuerzas de seguridad del Estado tenían la orden de no intervenir. Él sabía que esto iba mucho más allá y que ambos necesitábamos hablar, y así lo hicimos.

Le pedí que se entregara y diera todo por finalizado pero estaba furioso. Me preguntó cómo había montado mi plan y, sobre, qué iba a pasar a partir de entonces.

Le expliqué que todo había sido una gran tramoya montada por mi amigo Yunke, el mejor mago del mundo, para detener a la mente delictiva más prodigiosa que

había existido y frenar un plan que le había llevado meses de llevar a cabo. Sólo habíamos tenido que seguir sus mismas técnicas.

Le expliqué que la prioridad era la de sacar a todos los dirigentes del IFEMA y llevarlos a un lugar seguro que obviamente no le descubrí. Sí, lo reconozco, aprovechamos el caos que habíamos generado para llenar Madrid de inhibidores y evitar las comunicaciones entre las personas. Habíamos convertido el centro de la capital en un gran escenario en el que nada era lo que parecía. Las bombas no dejaban de ser parte de la tramoya de Yunke. Con unos simples altavoces estratégicamente situados y varios cañones de humo habíamos logrado que todo el mundo creyera que realmente se habían producido explosiones de coches bomba.

Sólo teníamos que acudir a los archivos de Televisión Española para editar imágenes de atentados y parecer que eran verdad. El teórico atentado en el autobús no era más que un vídeo editado y el socavón en el suelo un daño colateral sin importancia aprovechando las obras de unas tuberías cercanas.

La llegada de un mando único a la seguridad de todos los países miembros había permitido que reinara el orden dentro del ficticio caos que habíamos organizado.

Y el mensaje en las pantallas nada que no se pueda hacer realidad en colaboración con el Ayuntamiento de Madrid, la empresa concesionaria de las pancartas luminosas y un buen doblaje con cualquier programa de edición de vídeos. O sea, nada, absolutamente nada, era real, todo formaba parte de un espectáculo que

Yunke nos había regalado para poder detenerle de una vez por todas.

Le expliqué que en el momento en el que supimos que quería iniciar un ola de secuestros, hicimos creer a todos que los presidentes y primeros ministros de los países miembros de la OTAN habían escapado de los atentados en un autobús preparado por la organización, pero nada más lejos de la realidad. Decidimos que todos ellos se escaparan de Charles Winston de la forma más sencilla posible, igual que lo hacen miles de personas a diario cuando vuelven de trabajar a Toledo, en el AVE. Todo fue más sencillo de lo que habíamos previsto. En el momento en el que al presidente de los Estados Unidos, al igual que a cualquier otro dirigente, le quitas el traje y la escolta, pasa totalmente desapercibido para cualquier persona.

Es decir, nuestra firme intención era la de hacer sencillo lo que parecía imposible y, en cambio, estábamos ganando a Winston con sus propias armas.

El hecho de que sólo Televisión Española pudiera retransmitir la señal nos sirvió para que pudiéramos lanzar el mensaje que quisiéramos a los ciudadanos.

Afortunadamente tuvimos el acierto de eliminar la señal de las imágenes para limitarnos a unos simples audios que podrían venir de cualquier lugar del mundo, con los mandatorios perfectamente protegidos fuera de la capital.

En definitiva, lo habíamos hecho una vez más, habíamos engañado a todo el mundo y evitado una tragedia de la que difícilmente España se podría haber recupera-

do, y que hubiera minado todo el buen nombre de nuestro país.

Habíamos ganado y sólo quedaba su detención y volver a la normalidad en las calles después de haberlas convertido en el mayor escenario del mundo.

En España, sólo el Rey, Yunke y yo estábamos al tanto de lo que estaba ocurriendo, a todos los demás nos queda una larguísima lista de perdones por lo que habíamos hecho, pero era la única forma de luchar contra su plan. Efectivamente, todo fue un gran truco de ilusionismo.

Sin más, le dejé marchar. Me sentí como Aquiles cuando dejó que Héctor se levantara para seguir luchando y no ganarle por un resbalón en la arena. Quería derrotar para siempre a Winston, pero no con una trampa.

Un simple grito habría sido suficiente para que cientos de policías y escoltas llegaran hasta nuestra posición, pero no era justo. Le dejé marchar para que la partida terminara con el final antológico que se merecía la batalla.

Y sí, por supuesto que todos los dirigentes de la cumbre habían podido firmar sus pactos, decisiones y nuevas alianzas en un lugar mucho menos emblemático que el museo del Prado o el IFEMA de Madrid.

Fue mi familia y la del doctor las que se encargaron de recoger de forma sencilla y sin protocolos a todos los miembros de la cumbre que habían llegado en AVE a Toledo, vestidos con ropa normal y lejos del boato que tradicionalmente llevan consigo. Precisamente eso fue lo que propició que pasaran desapercibidos hasta llegar a mi particular refugio, nuestra casa en Las Ventas con Peña Aguilera, sin lugar a dudas un lugar mágico en el que hemos vivido tantas aventuras pero que, sin lugar a dudas, esta sería la más importante de todas, un refugio en el que se iban a tomar las decisiones más importantes del mundo; y lo que era mejor, sin que nadie lo supiera. Habíamos ganado la primera batalla y posiblemente la guerra.

4
WINSTON, ¿DERROTADO PARA SIEMPRE?

Estábamos seguros de que esta cumbre pasaría a la historia, no sólo por su final de la misma sino porque fuimos capaces de salvar a todos los mandatarios y que España quedara como un país de pícaros, que evitó males mayores y al que sólo le quedaba volver a detener a Winston para enviarle por enésima vez a la cárcel.

Y como digo, sin más, mi archienemigo se marchó andando, cabizbajo y consciente de que lo habíamos derrotado con sus propias armas.

Ahora, no sólo tenía detrás de él a los servicios de seguridad de España, también a los espías de medio mundo. No había ni un rincón en el que pudiera esconderse.

Por la tarde volvimos al palacio de la Zarzuela. El Rey nos dio a los tres la enhorabuena, a Yunke, al doctor Mael y a mí mismo. Cenamos y reímos durante toda la noche, y aunque habíamos logrado algo antológico, sabíamos que más pronto que tarde Winston volvería para vengarse.

Nosotros, en cuestión de días, volvimos nuevamente a nuestra vida normal, a seguir colaborando con la policía mientras seguíamos con nuestros estudios.

España, por su parte, se sentía grande por haber montado ese espectáculo sin precedentes.

Las semanas pasaron y no teníamos noticia de Winston. En algún momento empecé a pensar que fue una derrota tan cruel que se había dado por vencido de forma definitiva.

El mayor golpe de su vida había quedado reducido a la nada y, lejos de quedar a nivel internacional como un genio de guante blanco, finalmente lo había hecho como un vulgar terrorista y, por si fuera poco, además todo fue por una gran maniobra de distracción.

Todo el mundo decía del Rey Felipe que era un gran estratega que había salvado la cumbre de la OTAN y, aunque intenté convencer a Yunke para que también recibiera su mérito, él prefirió pasar desapercibido.

Por mi parte, y aunque prometí no hacerlo, estuve más de dos meses buscando a Winston. Intenté ponerme en contacto con él de todas las formas posibles.

Le dejé mensajes cifrados a través de los medios de comunicación, los subí a la nube, entré en más de cien chats de internet, y así un día tras otro sin llegar a nada. Estaba seguro de que si hubiera querido encontrar todas mis miguitas de pan, lo hubiera hecho, es más, no habría tardado ni dos horas en conseguirlo, pero nada de nada.

Parecía que se le había tragado la tierra. Iba al museo del Prado, su lugar favorito, todas las semanas confiando en que volviera al lugar en el que había empezado y terminado todo, pero tampoco hubo suerte.

Para mucha gente, Winston se había retirado y decidido vivir tranquilamente en algún lugar fuera de España. Para otros, quería preparar algo antológico como el robo del oro del Banco de España o los secretos de Estado ahora custodiados en su cámara acorazada, es decir, cualquier cosa que pudiera poner de rodillas a todo un Gobierno y a todo un país.

Pasó el tiempo. Llegaba el mes de marzo, la Semana Santa estaba cerca y no había ni un solo caso de la Policía que me sedujera lo suficiente como para seguir sin tener ni un reto ni un rival de buen nivel.

Con sinceridad, me estaba oxidando. Llevaba tres meses aburrido. Me había empezado a aficionar al balonmano y empecé a jugar en un equipo de Toledo para encontrar nuevos retos que tuvieran ocupada mi cabeza.

Un día, comiendo unas torrijas en nuestra casa de Las Ventas con Peña Aguilera, el doctor Mael nos informó de que había decidido marcharse a Londres a perfeccionar su inglés.

Después de que se rompiera el Club de los 15 por sus egos y falta de empatía, de que mi compañero y amigo se marchara unos meses a Inglaterra, de que Yunke empezara sus actuaciones y de que el Rey estuviera de gira internacional, yo me había quedado solo en España.

Mi día a día era aburrido, salvo la media hora en la que hablaba con el doctor Mael para contarme cómo le iba por Londres. Lo hacía todos los días a las 20:00 horas, todos menos uno, y ahí fue cuando comprendí que la batalla no se iba a realizar en España.

Quería darme donde más dolía, en la familia, en ese punto en el que la razón no gana a los sentimientos, todo lo contrario, en donde los pensamientos más viscerales entran en escena.

No hizo falta esperar a que Winston pidiera nada más para saber lo que quería. Tenía que ir a Londres para rescatar a Mael. Estaba convencido de que esta partida, posiblemente la última, no tenía como objetivo un robo antológico sino hacer daño, y de momento lo estaba consiguiendo.

Aquella misma tarde cogí la maleta y me marché a Londres. Reservé en el Great Scotland Yard Hotel, a cien metros de la plaza de Trafalgar.

El día fue largo. En el aeropuerto de Heathrow cogí un taxi, dejé las maletas y empecé a pasear sin rumbo. Tenía que dejarme ver y esperar a que se pusiera él en

contacto conmigo, pero por el momento no hubo suerte.

A la siguiente mañana desayuné fuerte y volví con la rutina que me había marcado, paseaba sin rumbo en una cuadrícula que me había preparado prácticamente calle a calle.

Sobre las 13:15 horas de la mañana llegué sin darme cuenta al 221B de Baker Street, la casa de Sherlock Holmes, y aunque no debí hacerlo, algo me empujó a visitar el museo.

Me acerqué a la taquilla y ahí estaba él. Charles Winston me estaba esperando, sabía que tarde o temprano llegaría allí. El museo cerraba a las 13:30 horas y con voz parsimoniosa me invitó a entrar.

Me tenía preparada una taza de té con leche. Nos sentamos en el escritorio del despacho y, mirándome por encima de los cristales de sus gafas, me dijo que ahora era él el que se había guardado el as en la manga y que no dudaría en usarlo si volvía a usar artimañas como las de Madrid. Aquel as en la manga era el doctor Mael.

Su petición fue muy clara, en esta ocasión sería yo el que tendría que robar por él. Iba a ser yo el que me tendría que meter en la boca del lobo y acatar todas sus órdenes para salvar la vida del doctor Mael.

La primera petición fue clara y precisa. Ya evité en una ocasión que pudiera robar las joyas de la corona de la Torre de Londres, ahora tendría que robarlas yo. Quería devolverme todos los golpes que le había dado hasta entonces.

Su cara era la viva imagen de la felicidad. Sabía que estaba en sus manos y que poco podía hacer salvo seguir sus órdenes. Cualquier negativa mía pondría en juego la vida de mi gran amigo el doctor Mael.

Fue firme al decir que la partida acababa de empezar y que no iba a parar hasta que yo fuera el ladrón y él el que librara al mundo de una persona tan indeseable.

—Vamos a invertir los papeles y vas a saber lo que se siente al ser perseguido por algo que no has hecho.

Estaba bloqueado. Nunca antes había vivido una situación igual y, sinceramente, no sabía cómo reaccionar. Sólo podía ganar tiempo cumpliendo sus órdenes hasta encontrar una maldita solución que cambiara todo y que él volviera a la cárcel de la que nunca había debido salir, y de la que se escapaba cada vez que quería. Es como si las rejas no pudieran detenerle.

Me dio un teléfono móvil, me ofreció su mano y se despidió. Bajó los dos escalones que dan a la calle, se

dio la vuelta y dijo con voz firme: «Tienes 72 horas para traerme la Corona de la reina, ni un minuto más».

Era imposible, nadie podía preparar un plan perfecto para acceder a la Torre de Londres, robar la corona real y escaparse tranquilamente en ese tiempo. Se necesitaba la colaboración de muchas personas para que todo saliera bien y, sobre todo, semanas de análisis y vigilancia. Más que una misión imposible era una misión suicida.

Aun así, me fui al hotel y empecé a trabajar. Las ideas corrían por la cabeza. Se amontonaban muchísimas teorías y ninguna parecía tener sentido. En todas fallaba algún punto que hacía imposible el robo.

Había pensado pedir al Rey que mediara pero sólo encontraba contratiempos y el peligro de un conflicto internacional si salía a la luz su participación.

También la posibilidad de entrar con todo y romper sus sistemas de seguridad, pero finalmente decidí llamar nuevamente a Yunke para que me ayudara de la misma forma que lo había hecho en Madrid.

Nunca le agradeceré lo suficiente que llegara a Londres en un tiempo récord, que cancelara su función en París y que estuviera dispuesto a todo con tal de colaborar en el plan.

Aquella misma noche se presentó en el hotel junto al resto de su equipo. Faltaban 48 horas para el día indicado. Pedimos la cena y empezamos a trabajar sin descanso. Las diez personas de su equipo dibujaban encima de los planos del museo.

Todos teníamos muy claro lo que teníamos que hacer. Éramos especialistas en crear distracciones para apartar la mirada de nosotros y aprovechar para sacar la corona. El problema era salir de allí sin ser detenidos.

Estábamos en un punto de no retorno, había que jugársela y es lo que íbamos a hacer. Dormimos unas

horas y en torno a las siete de la mañana ya estábamos nuevamente preparando nuestra huida.

 Salimos del hotel a las nueve en punto de la mañana y fuimos a varias tiendas de productos químicos para preparar nuestra coartada: varias botellas de agua oxigenada de 110 volúmenes, levadura, pintura roja y jabón para formar una explosión inofensiva que con un poco de casquería sería el origen de todo el plan.

Uno de los trucos perfectos de Yunke se basaba en un prisma de luz en 3D que reflejaba cualquier imagen en tres dimensiones con una calidad capaz de engañar a cualquiera.

El equipo al completo estaba preparando todo el espectáculo mientras yo visitaba la Torre de Londres para comprobar in situ todo lo que habíamos pensado. Las cosas empezaban a cuadrar. Era peligroso pero podíamos lograrlo.

Mientras repasaba al milímetro el plan entre aquellas salas buscaba entre las caras de los turistas la de Charles Winston. Estaba seguro de que estaría allí mientras asaltábamos el que era, posiblemente, el museo más protegido del mundo.

Antes de volver al hotel compré unas bolsas grandes de deporte para meter todo lo que necesitábamos y, sin más, recogí a Yunke y a todo su equipo para ir al Castillo que guardaba la Corona Real, y llegar a tiempo al 221B de Baker Street para servir en bandeja el primero de los retos que nos había planteado Charles Winston.

Llegamos poco antes de que cerraran, el momento en el que los vigilantes estaban más cansados y, sobre todo, en el que su gran interés era el de que salieran todos los visitantes para poder cerrar la Torre.

Pasamos los controles sin problema alguno. Entramos con nuestras bolsas de doble fondo cubiertas de titanio para pasar los Rayos X. Ocho de los diez miembros de la nueva banda fueron al cuarto de baño para unir los productos que habíamos comprado y situarlos estratégicamente y a la misma hora debajo de las cámaras de seguridad. Todos empezaron a gritar al unísono «bomba, bomba», y, efectivamente, una gran explosión provocada por la combustión del agua oxigenada de 110 volúmenes o yoduro de potasio con la levadura provocó que, aunque de forma inofensiva, todo saltara por los aires llenando las paredes de algo parecido a sangre viscosa y vísceras.

Todos los vigilantes cruzaron la sala para ver qué que había ocurrido. Los cuatro policías que escoltaban la vitrina también corrieron para apoyar a sus compañeros, y fue en ese momento cuando, sin más, sólo tuve que levantar el metacrilato en el que se encontraba para poner la imagen con un proyector tridimensional de la Corona Real. Junto con un juego de leds y un incremento de la frecuencia de la luz, nadie sería capaz de detectar el cambio durante varios días.

Sencillamente todo salió perfecto, me atrevería incluso a decir que fue mucho más fácil de lo que podíamos pensar en un primer momento. En menos de diez minutos habíamos sido capaces de robar la corona real y esconderla en el lugar más perfecto a la vez que ridículo del mundo. Según un proverbio chino, el mejor

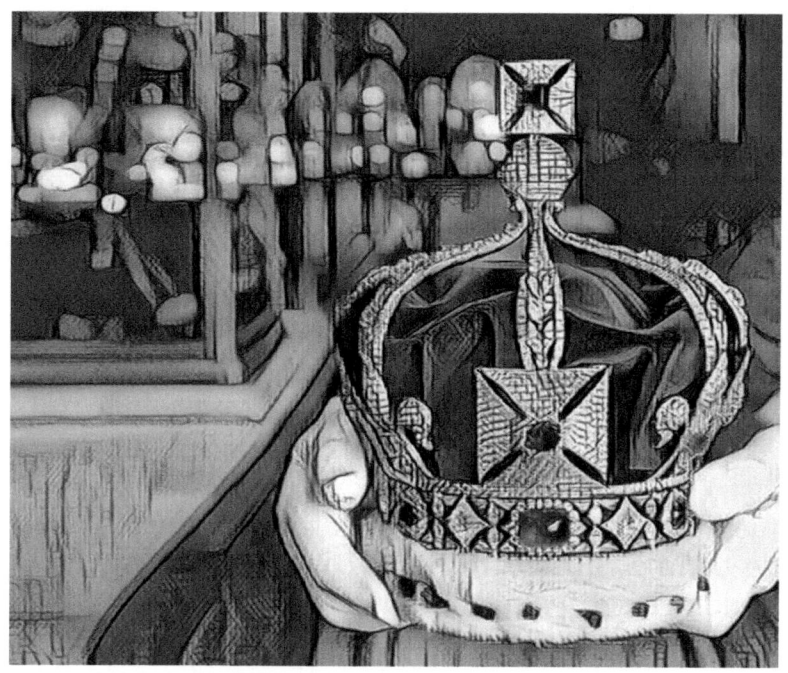

lugar para esconder un árbol es dentro del bosque, y es lo que hicimos, esconderla en la tienda de souvenirs y rezar para que nadie la comprara por poco más 60 libras.

En menos de quince minutos y con un plan perfecto, habíamos logrado que todo el museo creyera que realmente habían explotado varias bombas y así motivar un caos de seguridad.

Aunque nos pararon en la puerta, al igual que al resto de los visitantes para interrogarnos, no hubo ni el menor indicio de que hubiéramos hecho absolutamente nada.

Aún así, decidimos no arriesgarnos y entregamos a la policía a un miembro de la banda, una cabeza de turco. Éramos conscientes de que nadie podría acusarle de nada por muchos indicios que pusieran encima de la mesa. Quizás unas semanas de cárcel por desorden o algo similar, pero después de tapar las cámaras con nuestras particulares bombas inofensivas, de cara a todo el mundo nadie había robado nada, así que, sencillamente, no había nada que temer.

Uno de los miembros del equipo de Yunke se ofreció voluntario para entregarse y así lo hicimos con el beneplácito del Rey Felipe, quien se comprometió a mediar para que todo quedara en nada.

Nos volvimos al hotel y celebramos nuestra primera victoria. Aquella tarde decidimos por unanimidad que fuera yo el encargado de ir al día siguiente a la Torre de Londres a recoger nuestro preciado trofeo, a la tienda de souvenirs en la que habíamos escondido la verdadera corona y comprarla por sólo 63 libras.

A las 10:00 en punto de la mañana salía de allí sin que nadie sospechara nada, y lo que era más importante, lo habíamos logrado tres horas antes de que finalizara el plazo marcado por Charles Winston.

Fui caminando tranquilamente hasta el 221B de Baker Street y, efectivamente, allí estaba él como si nada. Tranquilo y plácido me recibió en la taquilla. Su sonrisa era la viva imagen de la felicidad. Me habló durante más de diez minutos de la importancia de la familia y del karma.

Nunca antes había tenido tantas ganas de sacudir a alguien como en aquel momento. Winston estaba herido en su orgullo y no iba a parar hasta que nos destrozara.

El Doctor Mael y yo, Pepe Holmes, le habíamos hecho besar la lona usando una tramoya nunca antes vista y le habíamos acusado de ser un terrorista, y eso le dolió tremendamente. Su objetivo era el de devolvernos la jugada y que pasáramos de héroes a villanos. Él quería no sólo meternos en la cárcel sino destruirnos para siempre.

Le propuse un intercambio, la corona a cambio de hablar con el Doctor Mael y saber que estaba bien. No estábamos dispuestos a dar ni un solo paso más sino eran con esas condiciones.

Incomprensiblemente aceptó. Abrió las cortinas que había detrás de él y allí estaba, atado a una silla, protegido por un cristal blindado que evitaba que nadie le escuchara.

Aunque estaba secuestrado tenía buena cara y eso era lo importante. En aquella habitación no había ventanas, era una especie de trastienda con estanterías llenas de libros, un pequeño frigorífico y un tablero de ajedrez en el que las fichas blancas tenía al rey en jaque.

Con un golpe seco volvió a recorrer las cortinas y me tendió la mano para que le entregara la Corona Real. Decidí seguir sus reglas y lo hice sin pestañear mientras le exigía la inmediata liberación del Doctor Mael. En ese momento soltó una carcajada que aún hoy, meses después de que todo hubiera terminado, sigue resonando en mi cabeza.

Me miró por encima de los cristales de sus gafas y me aseguró que «esto, simplemente, acaba de empezar».

—No os podéis ni imaginar el daño que me hicisteis en Madrid —siguió diciendo—. Ahora me toca a mí celebrar la victoria y que vosotros recibáis todo el odio que he sufrido».

5
UNA MISIÓN IMPOSIBLE

Si esta primera prueba era complicada, la segunda era realmente una misión imposible. Me dio un *pendrive* con un virus y me pidió que lo coláramos en las empresas del mayor centro económico de Gran Bretaña y uno de los más importantes del mundo.

Tener acceso a esas finanzas a través del macrojaqueo que nos había pedido le convertiría en una de las personas más poderosas del mundo.

Su jugada estaba clara. Quería hacerse con un poder económico sin precedentes a nivel internacional y acusarnos a nosotros de haberlo hecho. Era una jugada maestra, desde luego, que no podíamos permitir, pero ¿qué otra opción teníamos? Ninguna, sólo obedecer sus órdenes y ser más inteligente que él para rescatar al Doctor Mael.

Nos dio otras 72 horas para lograrlo. Él era consciente de que se trataba de algo imposible. Nadie podía hackear en ese tiempo algunos de los mejores sistemas informáticos del planeta pero, al fin y al cabo, nos estábamos especializando en misiones suicidas. Era mi turno.

Corrí al hotel y empecé a llamar a todos mis contactos para preparar el robo del siglo, nada más y nada menos

que asaltar las cuentas de empresas como el Deutsche Bank, JP Morgan, Barclays o KPMG, entre otras. Se trataba de miles y miles de millones de euros con los que podría cambiar el orden del mundo.

Por más hilos que moví, nadie fue capaz de darnos el más mínimo argumento para introducir un virus en empresas de esa importancia y en ese tiempo. Sencillamente era imposible y él lo sabía, pero, entonces, ¿porqué nos lo había pedido?

A través de los servicios de la Casa Real me puse en contacto con los mejores hackers y programadores del país, pero nadie pudo darnos siquiera un indicio de por dónde empezar.

Estábamos a cuarenta horas del final del plazo y no

teníamos ni la más mínima idea de cómo hacerlo. Supongo que él esperaba que llegásemos a esta situación.

Acudí entonces adonde ensayaba Yunke. Recordé que me había dicho que cuando se ponía nervioso practicaba magia, y ésa fue la clave, la magia. Si no podíamos lograrlo, al menos teníamos que aparentarlo. Y eso sólo lo podía hacer el tercer miembro de la banda, el Rey Felipe VI.

Le llamé nuevamente para ponerle al corriente de todo y para explicarle que necesitábamos de sus influencias para generar una tramoya como la de Madrid.

La Casa Real española se puso en contacto con la de Inglaterra, y entre ambas prepararon una tremenda maniobra de distracción. Pidieron a los principales dirigentes de las empresas que enviaran una nota de prensa diciendo que, efectivamente, habían sido hackeados. Éramos conscientes de que estábamos causando un terrible caos económico en el que se produciría una caída sin precedentes en los mercados, pero al fin y al cabo siempre sería mejor que ser robados.

El Deutsche Bank fue el primero en hacerlo por sus intereses en España. La noticia tardó poco en ser portada de todos los medios de comunicación de Inglaterra, más tarde en toda Europa y antes de la noche en todo el mundo. Las principales agencias de comunicación no dejaban de publicar cómo una a una iban cayendo todas las empresas de la City, mejor dicho, todas menos una, la de Charles Winston.

El virus que nos pidió que introdujéramos servía para bloquear las cuentas y robarlas sin dejar rastro alguno.

Literalmente podía transferir miles y miles de millones de euros con un simple programa en su Tablet. Miles y miles de millones con los que comprar armas, sobornos y hasta montar su propio ejército.

Lo que él no esperaba es que en vez de hackear, lo único que tuvimos que hacer es quitarle el control de su propia cuenta.

Al fin y al cabo, qué es el dinero digital. Sólo teníamos que poner en su cuenta la cifra que quisiéramos.

Cuando tuvimos acceso a su cuenta de google permanecimos a la espera de que entrara en las cuentas de las empresas y darle lo que él quería ver.

La primera fue KPMG. En su cuenta se reflejaban

más de 2.000 millones de euros, así es que creamos una *landing page* ficticia, una simple carcasa con una plantilla de *wordpress* de no más de veinte euros con la que le hicimos creer que estaba realmente entrando en la cuenta de las empresas para traspasar el dinero a la suya. Dicho de otra manera, se trataba de un simple contador digital en el que nosotros poníamos la cifra que queríamos. Así pudimos engañarle sin que sospechara absolutamente nada.

Eso, unido a las noticias sirvieron para crear una tramoya tan espectacular que hasta el propio genio del mal, Charles Winston, se creyó. Realmente increíble, y todo pura inteligencia. Segunda prueba cumplida y sin cometer ni un solo delito, sólo con argucias y un poco de colaboración externa.

En aquella ocasión no me pidió que fuera de nuevo

al 221B de Baker Street, sólo me llamó para darme la enhorabuena «por los servicios prestados» y para encargarme un último reto.

De todos los planteados éste era el más loco y el más imposible de llevar a cabo. Para liberar al Doctor Mael exigía un cambio de rehenes con el primer ministro de Gran Bretaña, Boris Jhonson.

No podíamos cruzar esa línea ni tampoco utilizar nuestros juegos de tramoya. No era posible fingir nada. Tuvimos una reunión de urgencia con Yunke y con nuestro amigo el Rey Felipe. La única opción era su intervención y que pudiera hablar con el gobierno británico para solucionar el problema pero se negó. Obviamente, en ningún caso podía provocar una crisis diplomática de ese nivel con un país amigo.

Nos pidió perdón más de veinte veces por no poder intervenir pero qué podía hacer. Sólo nos quedaba la opción de seguir cumpliendo con sus peticiones hasta encontrar un punto débil, hasta que cometiera un error con el que pudiéramos detenerle una vez más.

Hasta ese instante habíamos ido siempre por detrás, pero había llegado el momento de ir por delante y decidimos aceptar el intercambio de rehenes: el Primer Ministro a cambio de nuestro amigo el Doctor Mael.

Aquella noche fue larga, muy larga. Durante horas pensamos en la mejor forma de secuestrarle esquivando todo su sistema de seguridad y, sobre todo, sin causarle daño alguno.

Todo iba de mal en peor, la única comparecencia que tenía al día siguiente era en el Parlamento. Durante toda la mañana estaría en el edificio rodeado de decenas de policías, de sus escoltas y de los del resto de los parlamentarios. No había posibilidad alguna de que saliera bien.

Fuimos a la puerta del edificio esperando un milagro. Las horas pasaban lentas. En torno a las dos de la tarde empezaba el movimiento que indicaba que estaban muy cerca de salir.

Y fue ahí cuando llegó el milagro. ¿Se acuerdan de nuestro Phoskito? Todo el mundo sabía que el Primer Ministro es un amante de los perros de raza, y el nuestro lo era.

El perro saltó por encima de la valla de seguridad en el momento que el Primer Ministro cruzaba el quicio de la puerta. Los escoltas nunca se habían cruzado con algo de similares características. Cualquier situación hubiera sido ridícula. Delante de las cámaras de televisión nadie se hubiera atrevido a dispararle. Varios vigilantes se interpusieron pero Phoskito hizo lo impredecible, cuando sintió que lo iban a atrapar, se dio la vuelta, subió sus patas y les ofreció el abdomen para que le acariciaran. Todos los presentes no pudieron hacer otra cosa que reírse y disfrutar del momento.

El milagro llegó cuando el propio Primer Ministro, amante reconocido de los animales, se acercó hasta el perro para acariciale, momento en el que aproveché para saltar el cinturón de seguridad al grito de «es mi perro».

Él había hecho su trabajo, una maniobra de distracción que me permitió acercarme al propio Johnson y

pedirle unos segundos. La conversación fue rápida;

—Do you remember me?

—Yes, of course.

—I need speak with you. It´s very important.

—Tell me.

—Not here, not, in private.

Todo su equipo de seguridad estaba a nuestro lado. Le insistí en que teníamos que hablar en privado y accedió. Pasamos a Downing Street, me ofreció un té y le conté con todo lujo de detalles lo que habíamos hecho.

Era perfectamente consciente de que tras esa conversación lo lógico es que terminara entre rejas, pero tenía la obligación moral de contarle la verdad y de explicarle cuál era el último paso para devolver a Charles Winston a la cárcel.

Le expliqué con todo lujo de detalles cómo habíamos robado en pocas horas la Corona Real de la Torre de Londres y, obviamente, nuestra intención de devolverla en el mismo momento en el que todo hubiera terminado.

Le explicamos que el caos económico que habíamos generado, simplemente era una gran maniobra de distracción que contaba con la colaboración de todos los grandes directivos de la City y que, cuando todo hubiera terminado, volverían reforzados demostrando que sus sistemas de protección de datos y antihackeos habían funcionado y recuperado el 100% del dinero.

Pero para ello necesitábamos un último paso, su secuestro. Le expliqué que Charles Winston había exigido un intercambio: el doctor Mael por el Primer Ministro Británico.

Me sorprendió muchísimo su respuesta. No tardó ni treinta segundos en confirmar que se ofrecía voluntario para salvar al mundo del mayor ladrón del planeta. Le expliqué con detenimiento que todo estaría controlado y que nunca correría peligro alguno, es más, crecería su popularidad internacional y sería visto como un hombre valiente y no como el que se escondió cuando más lo necesitaba su país.

Pidió a su jefe de seguridad que entrara en la sala y yo hice lo propio con Yunke. Empezamos a diseñar un plan perfecto para detectar a Winston. Teníamos que hacerle creer que controlaba la situación para atraparle en el último momento, ya con el Doctor Mael sano y salvo.

Tardamos aproximadamente tres horas en tener todo preparado. Íbamos a poner en marcha la mayor operación jaula de la historia de Londres. Miramos una a una todas las posibles vías de escape y las bloqueamos. No podía salir del centro de la ciudad sin ser detenido. Creíamos tenerlo todo controlado pero Winston siempre se guardaba un maldito as en la manga.

Nada más salir de Dawning Street recibí su llamada. En los siguiente cuarenta segundos nos desbarató los planes. Sonó un *whatsapp* y me pidió que mirara el vídeo. Se me quedó la sangre helada, las piernas me temblaban y el corazón empezaba a latir como una locomotora. No daba crédito a lo que estaba viendo.

En sólo cuarenta segundos se nos veía a todos nosotros robando la Corona y discutiendo sobre cómo introducir el virus en las empresas de la City.

Hasta a mí me hizo dudar. Había preparado una tremenda jugada maestra de márketing en el que nosotros éramos los culpables de todo, y quizás llevaba razón.

Nos estaba devolviendo todo lo que le habíamos hecho en Madrid, nos estaba poniendo en contra a todo el país igual que nosotros lo habíamos hecho en España y, por supuesto, nos estaba poniendo contra las cuerdas y echándonos encima a todo Londres.

Se nos desmoronaba el plan. Ante la opinión pública, nosotros éramos los delincuentes y él el que estaba salvando a Inglaterra de la desgracia. Teníamos claro su plan pero no podíamos fallar al Doctor Mael.

A las 14:00 horas teníamos que estar cada uno de nosotros en una punta del Puente. Continuamos con el plan aunque sabíamos que era imposible que saliera bien.

Con puntualidad inglesa llegamos a nuestra posición. Las calles estaban cortadas por seguridad. A lo lejos se veía un coche blanco con los cristales tintados que paró en uno de los lados del puente. Winston se bajó con una mochila a la espalda y con un mando a distancia en la mano. Lo primero que pensamos es que se trataba de explosivos. Nos pidió que nos acercáramos y que avanzáramos juntos hasta el centro. Levantó su mano y entonces bajó del coche el Doctor Mael.

No lo conocía. Su cara era otra. Se acercó a Winston y caminó tranquilamente a su lado, hablando y demostrando que se había cambiado de bando. No daba crédito a lo que estaba viendo. Mi gran amigo, mi colaborador, mi socio, estaba ahora en el bando contrario.

Nos cruzamos en el centro, él abrió la mochila y sacó la Corona Real, se acercó a Boris Jhonson y se la dio con total tranquilidad. Volvió a mirar en la mochila, sacó una tablet y le mostró el vídeo en el que se nos veía robando y pidiendo a *hackers* al gobierno de España para introducir los virus en las empresas de la City.

Simplemente, acabábamos de convertirnos en los malos del cuento. Estábamos atrapados igual que él lo estuvo en España. En el momento más bajo de moral, el Doctor Mael nos dijo que habíamos confundido el bando y que él había apostado a caballo ganador y no iba a dar ningún paso atrás.

Me dolió escuchar eso de su boca. Me sentí traicionado como nunca, pero lo que verdaderamente me dolió es que tocara aquel botón. Eso que habíamos hecho varias veces en España lo hizo ahora conmigo. Aquel botón activaba las pantallas de todo el centro de Londres y mostraba el vídeo en el que se nos veía robar. Nosotros jugándonos todo para salvarle y él había decidido cambiar de bando. Nada tenía sentido, ¿por qué nos estaba dando ese golpe moral?

En aquel momento, hasta el propio Primer Ministro empezó a dudar. Winston, con la ayuda del doctor Mael, había ideado un plan tan perfecto y con unas evidencias tan claras que nadie se iba a poner de nuestra parte.

Pero ese no fue el gran golpe. Volvió a apretar aquel botón y aparecía yo dejando escapar al mayor delincuente de España.

Se veía cómo se marchaba tranquilamente de los jardines del Museo de Prado, pese al control de la Policía, sin que hiciéramos nada para evitarlo, y todo ello por mi única culpa, por querer ganarle en el terreno de juego de forma limpia.

Estaba bloqueado y no sabía qué hacer, pero faltaba el golpe de gracia. El propio Primer Ministro levantó su mano derecha y con la otra me señaló. Era el gesto para que las decenas de policías secretas que había distribuido por todas las inmediaciones arrestaran a Winston, pero en realidad me atraparon a mí.

Me tiraron al suelo y me ataron las manos a la espalda. La situación era la siguiente, el doctor Mael cambiado de bando, con toda la opinión pública en mi contra y con la estrategia por los suelos.

Nunca antes había estado contra las cuerdas de esta forma. Cuatro policías me habían levantado del suelo e introducido en un coche patrulla. Boris Jhonson y Winston se quedaron tranquilamente escuchando todo lo que les contaba el Doctor Mael, mi antiguo compañero, unas verdades a medias que me iban a conducir directamente en la cárcel y con unos indicios tan evidentes que nadie podría salvarme.

6
PEPE HOLMES EN PRISIÓN

Mi vida había cambiado en unos minutos. Miré a mi compañero y no hacía ni el menor gesto de arrepentimiento, más bien todo lo contrario, estaba orgulloso de haberme ganado. Me resigné, monté en el coche patrulla y nos marchamos de allí.

El Primer Ministro seguía mirando aquella tablet en la que se mostraban todos mis movimientos en la Cumbre de la OTAN. Sólo con aquellas imágenes yo era el artífice del plan y el único culpable de todo lo que había ocurrido. Era un maldito callejón sin salida. El mundo necesitaba un culpable y yo era el candidato perfecto.

Aquella tarde llegué a una de las comisarías de Londres. Me metieron en una celda y me prohibieron hablar con nadie. Estaba absolutamente incomunicado. Sólo uno de los policías encargados de mi custodia tuvo el detalle de infórmame de lo que estaba ocurriendo fuera.

Al día siguiente, Winston era recibido en Dawning Street por el primer ministro. En la misma puerta habían situado un atril para dar una rueda de prensa conjunta en la que iban a mostrar todas las pruebas que me inculpaban.

Había medios de comunicación de más de veinte países distintos y todos con la misma pregunta: ¿Cómo me había convertido en el hombre más odiado del mundo?

El doctor Mael explicaba punto por punto todo el plan. Cuanto más hablaba, él más me hundía, y puestos a decir la verdad, quizás sí era el culpable de todo lo que pasó en Madrid. El mundo había dado su veredicto y yo era el malo del cuento, más aún cuando devolvieron el dinero a las empresas de la City, un dinero que realmente nunca existió y que sirvió para que todo el mundo estuviera realmente feliz y con el que se cubrieron las pérdidas del día del robo ficticio.

Aquella tarde vino el juez y decretó prisión provisional sin fianza. En aquella celda pensé mucho intentando encontrar el momento en el que el plan podría haber fallado.

Al segundo pasó lo que tenía que pasar. Cuatro agentes bajaron a los calabozos, me pusieron las esposas y me dijeron que alguien quería hablar conmigo. En un primer momento pensé que podía ser mi abogado o mis padres, pero a quien no esperaba ver era al propio Charles Winston, con aquella sonrisa en la cara y con la mirada reflejando la victoria.

Le pregunté por qué había hecho todo esto, y su respuesta fue tan firme como dura: «Simplemente te he devuelto todo lo que tú me hiciste en España. Tú me has enseñado a aprovechar la situación a mi favor». Aunque me doliera reconocerlo, llevaba razón.

Pero creo que en ese momento, al verme allí, se relajó, perdió la tensión y eso fue lo que empezó a invertir la situación. Fue el principio de fin. El doctor Mael estaba a su lado y se había convertido en uno de sus mayores aliados.

Las semanas pasaban y yo seguía entre rejas. Estaba solo. Todos los que presumían de ser mis amigos habían desaparecido. Nadie quería hablar conmigo.

Pasaron más semanas y yo seguía detenido. Entre tanto, el doctor Mael se convertía en el gran aprendiz de Winston.

Sólo dos meses más tarde de que terminara lo de Londres y conmigo en fuera de juego, iba a ser muy fácil perpetrar golpes antológicos. Winston se había convertido en una persona respetable y el Doctor Mael en el encargado de ejecutar todos sus maléficos planes.

El puzzle cuadraba a la perfección. Mi archienemigo era el encargado de ayudar a la Policía a descubrir al autor de tantos robos, la gran maestría era que estos eran los suyos.

Se permitía el lujo de decidir cuándo uno de ellos salía bien y cuándo salía mal. Es decir, sólo tenía que adelantarse a sus propios golpes para demostrar a la Policía que su asesoramiento era el correcto. Todos estaban felices, el Gobierno demostrando que podían frenar muchos golpes maestros, Winston por convertirse en lo que siempre había querido y el Doctor Mael por ser la cabeza pensante de robos increíbles.

El último de ellos fue la Fábrica de la Moneda y Timbre. Al más puro estilo de *La Casa de Papel* habían planeado un robo que nunca nadie había podido llevar a cabo: las planchas del dinero.

Éste era un viejo caso que habíamos estudiado decenas de veces el Doctor Mael y yo, Pepe Holmes. No sólo éramos unos apasionados de resolver casos complicados, también nos encantaba prevenir posibles golpes maestros. Y la Fábrica de la Moneda y Timbre fue uno de esos casos que habíamos analizado durante horas.

Nos entreteníamos analizando si el robo de la serie de *La Casa de Papel* era posible o no. El resultado fue evidente, sí era posible, pero no como lo hicieron en la ficción.

Yo sabía que si el Doctor Mael quería dar un golpe maestro, sería allí. Ahora bien, había dos opciones, la primera es que él sabía que yo conocía el plan a la perfección y que no le iba a permitir dar ese golpe. La segunda opción era que cambiaran la manera de llevarlo a cabo para volver a dejarme por los suelos, más aún cuando mis niveles de popularidad habían caído por los suelos.

Entre tanto, a mí me trasladaron a la cárcel de Ocaña por la intermediación de mi amigo el Rey. Me pusieron en una celda aislada para evitar que pudiera preparar la fuga.

Pedí una reunión con el director del penal, pero me la negó. Aunque antes tenía libertad de movimientos por todo el recinto y el director me permitía hablar con quien quisiera, ahora me negaba hasta el saludo. Sencillamente lamentable.

Charles Winston se había convertido en una persona ejemplar. Todo el mundo le respetaba, iba a las tertulias y ayudaba a quien se lo pedía. Sin lugar a dudas era el hombre de moda en España.

A las 72 horas de estar en la celda recibí la visita más inesperada de todas. El Doctor Mael había venido con Winston pero en esta ocasión era yo el esposado y él el que me sonreía.

Durante diez minutos me sermoneó diciéndome que yo había ganado algunas batallas pero él había ganado la guerra.

Me dolía escuchar esas palabras, fundamentalmente porque eran ciertas, pero iba a hacer todo lo que estuviera en mi mano para invertir la situación. Su cara hablaba por si sola. Sabía que yo no podría escaparme con tanta facilidad como él, y lo que era peor, el Doctor Mael conocía todas mis estrategias, lo cual me ponía contra la espada y la pared.

Buscaba algún indicio en la cara de mi antiguo colaborador, algo que me hiciera pensar que se trataba de una argucia, pero fue imposible.

Yo preferí no decir ni una sola palabra, estaba hundido, así que bajé la cabeza y me limité a escuchar.

Supe cuál iba a ser el golpe cuando el Doctor Mael me dejó una moneda de un euro encima de la mesa mientras golpeaba con sus dedos, de forma armónica, la mesa.

Me miró a los ojos y me dijo:

—Prepárate para ser olvidado, ahora seré yo el que lleve la voz cantante y tú el que tendrás que ir a rebufo. Lo siento.

Me miró de forma profunda y sin que dijera nada más supe que había algún trasfondo. Entre las paredes de aquella celda se me cruzaban las ideas. No podía creer que el Doctor Mael hubiera cambiado tanto.

¿Qué querría decir aquella moneda de euro encima de la mesa? ¿Qué querrían decir aquellos golpecitos en la mesa? Algún trasfondo tenía que tener pero aún no sabía cuál.

A los pocos días, mientras tomaba el postre en el comedor de la cárcel, vi una conexión en directo con la Casa de la Moneda. Estaba prevista una jornada de puertas abiertas a esos rincones que habitualmente estaban cerrados.

La fecha elegida era el 19 de marzo. No podía permitir que Winston y su banda, de la que ahora también formaba parte el Doctor Mael, siguieran adelante.

Tenía que salir de allí pero, desafortunadamente, no tenía la misma capacidad que Winston para desencadenarme e irme de aquella jaula.

Pensé más de cien veces en cómo escaparme pero siempre había algo que me ponía contra las cuerdas. No sabía cómo salir de allí.

Sólo un día antes de la fecha prevista surgió la luz. Como un cubo de Rubik todo empezó a tener sentido. Ahora sí sabía qué tenía que hacer.

Fingí un dolor extremo, como si de un cólico nefrítico se tratara y empecé a gritar en mi celda. Gracias a mis conocimientos de anatomía sabía exactamente cuáles eran los síntomas para que los médicos sospecharan de qué dolencia se trataba.

En poco más de una hora me estaban trasladando al hospital para que me hicieran una ecografía que confirmara la primera intuición.

Era mi gran oportunidad, el momento en que tenía que escaparme, y así lo hice. Previamente había pedido hablar con mi amigo Yunke, a quien pedí que en un tiempo récord preparara uno de sus espectáculos para poder salir de allí.

Sonaban las sirenas, estábamos llegando al hospital y no sabía qué iba a hacer para liberarme. En el momento que paró la ambulancia, cuatro guardias civiles abrieron la puerta, me tumbaron en una camilla y me llevaron rápidamente a Urgencias.

Un médico me empezó a explorar la espalda. Cogió en ecógrafo y gritó:

—Hay que operar de forma inmediata, a este chico le van a reventar los riñones.

Aunque no daba crédito a lo que estaba escuchando,

sí que entendí que formaba parte de la invención de Yunke. En menos de tres minutos estaba dentro del quirófano. Los Guardias Civiles permanecían en la puerta.

Teóricamente, tres o cuatro enfermeras, un anestesista y un médico me miraban sin hacer nada hasta que este último me ordenó que me levantara de la camilla y que me pusiera la ropa de uno de ellos.

Y así fue cómo escapé. Me puse una bata blanca, una mascarilla, guantes de látex y un gorro de quirófano. Como siempre hemos dicho, las situaciones más complicadas tienen las soluciones muy sencillas, y este caso no fue una excepción.

Salí de aquel quirófano, me detuve junto a los agentes y les expliqué que la operación duraría en torno a cuatro horas. Aunque fue una osadía lo que hice, no me descubrieron y gané un tiempo precioso, no sólo para escaparme sino también para poner tierra de por medio. Cuando quisieran darse cuenta de que nadie se quedaba en aquella camilla, yo ya estaría en Madrid.

Inmediatamente pedí a mi abuelo, el Lolo, que me llevara a la capital. En mi pequeño laboratorio cogí todo lo que iba a necesitar para seguir plantando batalla, limpiar mi nombre y demostrar que Winston seguía siendo el ladrón que era.

Durante horas hicimos vigilancia en la Fábrica de la Moneda. Dimos más de cien vueltas al edificio intentando descubrir algo sospechoso.

Todo parecía muy normal, dos barrenderos en una esquina del edificio, un hombre joven y alto comprando en el kiosco, tres chicas entrando a un portal cercano y una pareja de la mano dando un paseo.

Quince minutos más tarde, en la segunda vuelta que dio Lolo con el coche, para sorpresa mía seguían estando las mismas personas en los mismos sitios. Lo que podía ser casualidad se demostró que no lo era en la tercera, es decir, se trataba de personas de la banda de Winston que estaban preparando el golpe.

Después de dos o tres horas vi cómo se bajaba el Doctor Mael de un coche. Estaba caracterizado. Había ganado en musculatura, se había puesto una peluca de pelo largo y cambiado de gafas. Aunque era difícil reconocerle, sin lugar a dudas era él.

Permanecí en la esquina derecha durante más de treinta minutos hasta que empezaron a llegar furgones de la Policía Nacional. Poco a poco se fueron posicionando en la puerta trasera de la Fábrica. Habían recibido el chivatazo de que alguien intentaría robar las planchas del dinero. Si esto se produjera, cambiaría el orden del país, la economía se saturaría de dinero y dejaría de tener valor. España no se podía permitir algo semejante.

Pude contar hasta nueve furgones del Ejército de Tierra, tres en cada una de las puertas. Inmediatamente se desplegaron por todo el perímetro. En ese momento, el Doctor Mael fue a la puerta de entrada y entró plácidamente. No entendía absolutamente nada.

Más de treinta soldados le abrían paso en la puerta principal. Cruzó hasta el hall y ordenó que todos los presentes salieran de allí, incluidos los trabajadores.

En pocos minutos se llenó la calle de periodistas alertados por el movimiento del Ejército. Las puertas tardaron sólo unos segundos en cerrarse. En ese momento, todos los presentes creían estar viviendo una nueva temporada de *La Casa de Papel*, pero nada más lejos de la realidad.

Cincuenta minutos después llegó el Presidente del Gobierno, el ministro del Interior y el Jefe Superior de la Policía. Escoltados por los militares entraron al hall.

Nadie sabía lo que estaba pasando, sólo teníamos claro que tenía que ser muy grave lo que se estaba viviendo dentro de aquellas paredes.

Inmediatamente montaron un centro de operaciones

en la puerta, instalaron en unos minutos una carpa y trajeron ordenadores y un equipo de comunicación.

Los nervios estaban a flor de piel y yo estaba realmente descolocado. No podía entrar sin que me detuvieran pero obviamente tenía que hacer algo.

Dudaba sobre qué hacer pero me lancé, y en cuanto di el primer paso empezó nuevamente a sonar aquella música de violín. Pasé de ser el observador a ser el observado. Me habían descubierto y no pude hacer otra cosa que escaparme. Corrí hasta un portal cercano intentando esconderme. Llevaba una sudadera negra con capucha y pantalón blanco. Allí estuve durante buena parte de la mañana intentando descubrir qué hacer.

No podía permitir que lo que parecía el robo del siglo siguiera su curso. Encendí el móvil y la geolocalización esperando que tanto Lolo como Yunke dieran el siguiente paso, y así fue. En poco tiempo llegaron al portal.

Mi abuelo abrió una mochila y me dio un traje de militar para que la tramoya continuara. Yunke, por su parte, me dijo que intentaría montar el ruido necesario para que pudiera infiltrarme. También se puso mi ropa y se dejó ver por las inmediaciones de la Fábrica. En pocos segundos le asaltaron varios militares para detenerlo. Le tiraron al suelo para ponerle las esposas y llevárselo preso.

Aprovechando esa confusión, yo también me abalancé sobre él, y como si fuera un miembro más del equipo de seguridad, me introduje entre ellos. Había conseguido el primer paso: estaba dentro.

Pero cuando entré a la Fábrica, entendía aún menos lo que estaba pasando. El Doctor Mael hablaba por teléfono y ordenaba a todos los soldados que miraran palmo a palmo todo el recinto. No sé qué estaba buscando, pero obviamente se trataba de una de las argucias de Winston.

Aquella melodía de violín volvía a sonar en el exterior, y como si de una estrella de Hollywood se tratara, entró Charles Winston en el interior de la Fábrica. Cogió un megáfono y pidió que le entregaran las planchas del dinero. Ya ni se escondía. Había adquirido tal nivel de popularidad durante los meses anteriores, que llegó a convencer al propio Gobierno de que era la persona indicada para custodiar, junto a todo su equipo de seguridad, esas planchas.

El Doctor Mael le entregó un maletín que fue pasando de mano en mano hasta llegar a Winston. Lo apoyó en una mesa, la abrió y allí estaban. Las tocó, las miró y sonrió. Sólo hacía falta verle para darse cuenta de que sus fines eran otros.

El ejército hizo dos filas y le escoltaron hasta el coche. Al pisar la calle mostró el maletín, lo subió con su mano derecha y gritó, provocando una reacción en cadena de los presentes que le acompañaron en el grito de victoria.

Sin más, se montó en el coche y se marchó. Mientras se alejaba, vi a Yunke y a varios miembros del equipo en varias azoteas cercanas. Al paso desplegaron varias bengalas que captaron la atención de los militares. El doctor Mael ordenó que los detuvieran de forma inmediata.

En cuestión de segundos se desplegaron por la calle para hacer una operación jaula que evitara que se escaparan. Aprovechando esa confusión, volví a entrar a la Fábrica intentando encontrar algo que me diera la clave y así sucedió.

Si realmente los militares hubieran revisado la Fábrica palmo a palmo, se hubiera notado cierto desorden en el interior, en cambio, todo estaba en su sitio, lo que significaba que se trataba simplemente de una de las argucias de Winston.

Cuando el genio del mal vio que se quedaba sin escolta, aceleró el coche y huyó a toda velocidad. Lo que no sabía es que aquel maletín llevaba el localizador que había pegado en el asa cuando pasó por mis manos.

Yunke y su equipo vieron que se alejaba a toda velocidad y decidieron entregarse para evitar males mayores. Bajaron a los portales de las azoteas a las que se habían subido, y sin ofrecer oposición alguna se entregaron. Posiblemente serían acusados de desorden público por lo que, ahora sí, estaba sólo de verdad.

En cuanto pude, salí del circuito de seguridad para montarme en el coche de Lolo y correr hasta nuestro particular cuartel general.

El maletín estaba en ese momento en una finca cercana a Toledo conocida como La Loma. Inmediatamente me fui hasta allí y me situé en una colina cercana para intentar ver qué estaba ocurriendo.

En muy poco tiempo llegó el Doctor Mael. Los medios de comunicación se preguntaban dónde estaban las planchas, y desde el Gobierno se emitía un comunicado asegurando que habían sido depositadas en un lugar secreto y que serían protegidas por el equipo de seguridad de Charles Winston.

Desde mi posición podía ver perfectamente cómo empezaban a entrar camiones y a descargar bobinas de papel timbrado. Era la mejor muestra de que el objetivo no era la custodia sino la impresión de nuevos billetes.

Pedí a mi abuelo Lolo que viniera hasta donde yo estaba y colaborara conmigo en descubrir todo lo que estaba pasando. En menos de dos horas se podían escuchar las máquinas imprimiendo a pleno pulmón en la improvisada fábrica que habían montado a pocos kilómetros de Toledo.

Permanecimos allí durante toda la noche, y para sorpresa nuestra, a la siguiente mañana empezaron a salir nuevamente furgonetas en las que se podía, ver paquetes y paquetes de billetes.

Era una evidencia que el objetivo no era la custodia sino la impresión de dinero. No podíamos permitir que España se llenara de nuevos billetes que provocaran una pérdida de valor.

7
LA ÚLTIMA GRAN BATALLA

Al día siguiente, Winston estaba en los principales medios de comunicación de todo el país mostrando una cámara acorazada custodiada por decenas de vigilantes de seguridad de su empresa. Al mismo tiempo estaba protegida por un novedoso sistema de láser que impedía que nadie se acercara a menos de veinte metros y, por si fuera poco, un segundo y tercer anillo de seguridad. De cara a todos era un héroe que estaba evitando que nadie pudiera robar las planchas, aunque la realidad era muy distinta.

El doctor Mael controlaba toda la producción. Daba la orden de imprimir al menos 100 millones de euros al día. Era capaz de generar 3.000 millones al mes, unas cifras tan disparatadas que asustaban. Con ese dinero sería capaz de controlar el país en muy poco tiempo. Su jugada era maestra, el encargado de la custodia realmente estaba provocando una crisis sin precedentes.

Era necesario actuar y además hacerlo de forma rápida sino queríamos un caos imposible de controlar para la economía de España.

Nos la teníamos que jugar nosotros. No había ayuda alguna, de manera que no lo dudé, y con la única ayuda de mi abuelo decidí perseguir una de esas furgonetas

que, camufladas como empresas de reparto, escondían en unos pajares cercanos todos los billetes que estaban imprimiendo.

Necesitaba verlo desde cerca. Corté una rama de un árbol, me puse una gorra y pedí a Phoskito que me acompañara para fingir ser un pastor de la zona. Creí que eso me permitiría acercarme lo más posible, pero no fue así. En el momento que puse un pie en aquella parcela, me recibieron cuatro personas armadas que me acompañaron hasta la puerta de la casa, me introdujeron en un coche y me llevaron a la improvisada fábrica en la que estaban imprimiendo billetes de 50 y 100 euros.

En quince minutos estábamos nuevamente cara a cara Charles Winston y yo, Pepe Holmes. Me miró fijamente y me dijo de forma tajante:

—Ésta es nuestra última batalla. Mi intención no era el robo, era terminar para siempre con este duelo y demostrar que soy mejor que tú.

Había llegado la hora de la verdad. Mi archienemigo pidió el teléfono móvil al Doctor Mael. En ese momento nos miramos y sonreímos. Winston telefoneó al Jefe Superior de la Policía para informarle de que habían descubierto mi guarida y que estaba imprimiendo cantidades ingentes de dinero, pero que, afortunadamente, su equipo de seguridad había sido capaz de descubrirme. Pidió que lo más rápido posible viniera la Policía para llevarme a prisión acusado de robar las planchas del dinero.

Winston miró al Doctor Mael y le pidió que se despidiera de mí para siempre, y fue justo ahí cuando empezó nuestro juego maestro.

El dinero que tenía Winston en aquella improvisada fábrica no pagaba la satisfacción de ver cómo le cambiaba la cara cuando empecé a hablar para explicarle la realidad de todos estos meses.

Las sirenas de la Policía estaban entrando por el camino de tierra que daba acceso a la fábrica. Por el cristal de la ventana podía ver al Jefe Superior de la Policía y al Comisario Jefe en el primer coche, y detrás de ellos no menos de quince patrullas.

Los agentes se bajaron a toda prisa, apuntaron a Winston y le exigieron que se tumbara en el suelo para esposarle. No se lo podía creer. Estaba absolutamente descolocado y no entendía qué estaba pasando.

Me acerqué a él, lo miré y empecé a explicarle paso a paso la realidad de todo. Era evidente que el tablero de juego no iba a ser España por toda la tramoya que habíamos creado.

Sólo le reconocí un acierto en todo el proceso. Nunca pudimos pensar que cambiaría los robos de guante blanco por los secuestros de personalidades internacionales en la cumbre de la OTAN. No pudimos descifrar sus planes, y por ello tuvimos que improvisar el teatro que hicimos por todo Madrid para frenarlos.

Era evidente que una persona con el ego de Winston iba a querer su venganza, así que sólo tuvimos que esperar a que alguna de las cámaras de reconocimiento facial que había en el aeropuerto y estaciones nos dijera a que país se iba a fugar.

En no más de una semana nos llamaron para decirnos que había sido localizado de camino a Londres. Una vez allí fue seguido en todo momento para conocer sus movimientos. Nos sorprendió que moviera sus contactos para entrar a trabajar en el museo de Sherlock Holmes, pero cuando lo logró, fue muy fácil controlar sus pasos sin levantar ninguna sospecha.

Convencimos al Doctor Mael para que se marchara a Londres y se dejara ver por las inmediaciones para que Winston diera un paso adelante. Sabíamos que iba a intentar algo con lo que presionarme y, sinceramente, todo salió a pedir de boca cuando le secuestró.

Durante más de un mes, el Doctor Mael aprovechó sus conocimientos de psicología para ganarse la confianza de Winston. Poco a poco, le convenció de que se había cansado de estar en el lado bueno de la balanza y que quería irse al punto contrario. Su baza maestra fue la de decirle que conocía todos mis movimientos y que podía ayudarle a desactivarme para siempre.

El Doctor Mael nos fue informando de todo con mensajes de morse a través de golpes en la pared que nosotros recogíamos desde el exterior.

En el momento que supimos que el primer reto iba a ser el robo de la Corona Real, pedimos a un orfebre toledano que hiciera una réplica perfecta.

El robo que llevamos a cabo fue una tremenda obra de teatro en el que había mucha gente implicada. Sí fue un robo perfecto pero no de la verdadera corona. El dinero de las empresas de la City, como ya dijimos, era un simple juego digital en el que ninguna de las grandes compañías perdieron un solo euro.

Y el intercambio con Boris Jhonson fue tan fácil de llevar a cabo como haber hablado previamente con él y contarle el ciento por ciento de nuestras intenciones. Aunque en un primer momento dudaba, cuando descubrió quién era realmente Winston, se puso a nuestra entera disposición.

Todo fue una gran actuación conjunta en la que el propio Primer Ministro tenía que hacer creer a Winston que al igual que el Doctor Mael, se había posicionado en mi contra. Fue fácil lograrlo, sólo hubo que acrecentar su tremendo ego para que el corazón tuviera más peso que el cerebro.

Realmente nunca estuve en la cárcel, sólo necesitábamos que él me viera en los momentos que nosotros queríamos, es decir, cuando sabíamos que vendría a verme para observar con sus propios ojos mi gran declive. Una nueva tramoya de gran envergadura.

Una vez en España, y cuando llevábamos casi tres semanas sin saber nada del Doctor Mael, fue clave la moneda que me dio. Fue una pista clarísima de que estaba preparando su próximo golpe. El márketing y la comunicación hicieron todo lo demás. Su aparición mediática en todas las radios y televisiones, el anuncio de que se iban a exponer las planchas del dinero e incluso la propuesta del Ministerio del Interior de que fuera su empresa la encargada de custodiarlas. Era una tentación demasiado grande como para que no lo intentara.

El Doctor Mael hizo un trabajo excepcional en todo momento y con la ayuda de Yunke pusimos en marcha un nuevo juego al puro estilo de la película *Ahora me ves*.

Los juegos de las bengalas que encendimos no fue más que otra forma de distraer la atención de todos los presentes para poner en marcha la última parte del plan.

Sabíamos que la Policía tenía que detener a los autores de aquello y así ganar los segundos que necesité para entrar en la Fábrica de la Moneda y comprobar que, efectivamente, había «robado», con nuestro consentimiento, unas planchas falsas que imprimieron en un papel perfectamente marcado para poder localizar todo lo que imprimieron y destruirlo como el dinero falso que era.

Posteriormente sólo tuvimos que seguirle para saber dónde iba a fabricar los billetes, algo de lo que se encargó mi propio abuelo Lolo para informarnos y poner en marcha la última parte del plan, un plan perfecto

que, pese al riesgo, no podía fallar, ya que habíamos puesto en marcha el mayor operativo de distracción que nunca antes se había montado en Europa. Sencillamente, increíble.

Me dejé coger por sus esbirros para que me llevaran ante él y se creyera ganador de la partida y posiblemente de la guerra. El doctor Mael había grabado con una cámara de botón en su chaqueta todo el dinero que había impreso y, sobre todo, la conversación en la que me acusaba de ser yo el culpable, una grabación que estaba siendo retransmitida en directo a través de You Tube para todo el mundo.

Él mismo se había delatado, y nuevamente, gracias a las nuevas tecnologías, todas aquellas personas que le vieron por unas semanas como un héroe, volvieron a cambiar su impresión de él.

Creo firmemente que si algo duele a todas las personas es que las engañen, y es lo que sistemáticamente había hecho Winston en los últimos meses.

Aunque creía que todo estaba controlado, realmente no era más que hundirse en arenas movedizas para terminar con su reputación, y así poder inculparle no sólo de lo que hizo en la Cumbre de la OTAN sino también del secuestro, del robo de las supuestas planchas del dinero y de un largo etcétera de delitos que había cometido. Es cierto que impulsados por nosotros, pero al fin y al cabo delitos penables que le harían pasar una larguísima temporada entre rejas.

Por supuesto, nuestro amigo el Rey Felipe estaba al tanto de todo, y gracias a él pudimos hacer todo lo que hicimos en Londres y en España y, por supuesto, a Yunke, quien no dudó en trabajar a nuestro lado haciendo lo que mejor sabe hacer, que es ilusionismo. Si no hubiera sido por él y por ayudarnos en organizar un espectáculo tras otro al aire libre, cada uno de ellos más difícil que el anterior, no podríamos haber convencido a Winston de que era él el que llevaba la delantera.

En definitiva, un trabajo conjunto de muchas personas que logramos que el mayor delincuente de la historia de España pudiera volver a estar entre rejas.

Winston tenía los ojos inyectados en sangre, nunca se había sentido tan humillado como en ese momento, y nos prometió que volvería para continuar con la batalla, pero eso forma parte de otra historia.

A partir de ese momento, tanto el Doctor Mael como yo, Pepe Holmes, nos limitamos a volver a casa, descansar y empezar nuevamente a ayudar a la gente que nos necesitaba.

Tras unos días de vacaciones, simplemente volvimos a nuestra rutina diaria intentando ilusionarnos con pequeños casos que, aunque no nos harían famosos, al menos sí nos reconfortaban y nos hacían sentir vivos, más vivos que nunca porque éramos conscientes de que lo habíamos logrado.

Aquellos días todos aprendimos una lección tremendamente importante. No todo lo que vemos es real y, sobre todo, es necesario tener amigos que no preguntan sino que actúan cuando se les necesita.

El club de los quince nunca volvió a unirse, pero sí creamos un nuevo grupo de personas espectaculares que vibraban con nuestros logros y que te daban la mano para levantarte si por algún motivo te caías.

Gracias a todos y enhorabuena, porque sin Charles Winston y toda su banda el mundo viviría mucho más tranquilo. Eso sí, ¿por cuánto tiempo?

Lo iremos viendo.

ÍNDICE

Ledoria, desaforado amor por la palabra